呪護

今野 敏

角川文庫
23086

目次

1

係長から、「刃物による傷害事件だから行ってくれ」と言われたが、富野輝彦《とみのてるひこ》は特に驚きもしなかった。

少年が被疑者だという。富野は少年課なので担当するのは当然のことだった。正確に言うと、警視庁生活安全部少年事件課・少年事件第三係だ。

警視庁も役所なので、部署名はまどろっこしい。

富野は有沢英行《ありさわひでゆき》に言った。

「行くぞ。現場はわかってるな？」

「はい。神田錦町《かんだにしきちょう》の神田学園高校ですね」

有沢は三十歳の巡査長だ。今時の三十歳はまだまだ若造だが、巡査部長になっていてもおかしくはない。

有沢はばかではない。時折、小賢《こざか》しいと思ってしまうくらい頭が回る。巡査部長の昇任試験などすぐにパスするのではないかと思うのだが、いまだに試験を受けた様子がない。欲がないのかもしれない。

あるいは、昇任ではなく別なことに関心があるのかもしれない。今時の若者の気持ちはわからないと、富野は思う。

……といっても、有沢と富野は五歳しか違わない。俺が古いのではないか、と富野は思う。

自分が古風であるという自覚はある。

父方の地元は和歌山県、母方は島根県で、どちらも昔ながらのしきたりを大切にしている家柄だった。祖父母たちの影響は否定できない。

「あれえ。現場は、神田署の目と鼻の先ですよ」

有沢がスマホを見て言う。

「どこだって事件は起きるさ」

「警察署も抑止力にはならないってことですかね」

「そういうふうに短絡的に考えるもんじゃない。広い視野で見れば、警察署には充分に犯罪の抑止効果がある」

「そうですかね」

富野たちはたいてい電車やバスで移動する。車が使用できる者は限られている。そして、電車やバスの中で事件の話をするわけにはいかない。

どこで誰が聞いているかわからない。へたに捜査情報を洩《も》らすとクビが飛ぶこともある。

地下鉄を乗り継ぎ、二人は現場にやってきた。

神田錦町は古い町だが、今はビルが立ち並んでいる。すぐ近くに首都高速が見えている。

有沢が言ったとおり、現場となった学校は神田署のすぐ近くだった。共学の私立高校だ。

事件の直後とあって、学校の前には警察車両やマスコミが集まっており、緊張した雰囲気だった。時刻は午後三時半。普段なら部活が行われている時間だ。

だが、グラウンドには生徒の姿はない。部活が中止になっているようだ。

学校の前に制服姿の若い警察官がいた。神田署の地域係だろう。有沢が声をかけた。

「本部の少年事件係です。現場はどこでしょう?」

「化学の実験準備室です。うちの署員がいるのですぐにわかると思います」

富野は聞き返した。

「実験準備室……?」

「ええ。実験室の隣にある小部屋で、化学担当の教師が使っている部屋らしいです」

富野は自分の高校時代のことを思い出してみた。たしかにそういう部屋があり、化学の先生がいつもそこにいた。

「行ってみよう」

富野は有沢に言った。

校舎は決して大きくはない。少子化で生徒が減っているので、これで充分なのだろう。大きくても小さくても、学校というのはどこも同じような雰囲気があると、富野は感じる。

いつだったか、知り合いの新聞記者に、全国どこに行っても警察署は似たような雰囲気だと言われたことがある。それと同じことなのだろう。

若い地域係員が言っていたように、現場はすぐにわかった。

まだ鑑識係の姿がある。所轄の捜査員らしい男が鑑識係の作業を見つめている。富野はその男に声をかけた。

「本部少年係の富野と言いますが……」

「ああ……」

強面《こわもて》だが、こちらの素性を聞いてすぐに表情を弛《ゆる》めた。「神田署強行犯係の橘川《きつかわ》だ」

彼はおそらく、富野より十歳ほど上だ。

「係長ですか？」

「そうだ」

「今、どんな様子ですか？」

「被疑者の身柄は押さえてある」

「少年なんですね？」

「ああ。ここの男子生徒だ。名前は西条文弥《さいじょうふみや》。二年生で十七歳だ」

「被害者は？」

「ここの教師。化学の先生らしい。名前は、中大路《なかおおじ》力也《りきや》で、年齢は四十歳だ」

有沢が言った。

「生徒が教師を刺したんですか？いったい何があったんでしょう」

橘川が不思議なものを見るように、有沢を見た。

「それをこれから調べるんだがね……」

有沢には、つい余計なことを口走ってしまうところがある。

富野は有沢にかまわず、橘川に尋ねた。

「それで、被害者の容態は？」

「病院に運ばれた。詳しいことはまだわからないが、少なくとも軽傷じゃないな」

「被疑者の他に事情を知っている者は？」

「現場に居合わせた女子生徒がいる」

「女子生徒……？」

「そう。名前は池垣《いけがき》亜紀《あき》、被疑者と同じ二年生で十七歳だ」

「同級生でしょうか……」

「まだ事情を聞けていないんで、クラスが同じかどうかはわからない。だが、最近は少子化でクラスの数が少ないから、同級生である可能性は高いな」

「事情を聞けていない?」

「目の前で教師が刺されたようだ。精神的なショックを受けていて、たぶん話が聞ける状態じゃないと、地域係が言っていた」

「それで、その池垣亜紀はどこに……?」

「被害者と同じ病院に運ばれた。精神的なケアのためだ」

富野はうなずいてから尋ねた。

「ちなみに、キッカワって、どう書くんです?」

「ん……? 俺の名前か? 橘《たちばな》に、三本川だ」

「少年事件係に引き継ぐんでしょうね?」

「そうだな。傷害事件としての調べが済んだら、送検および家裁送致は少年事件係に任せる」

少年事件は、全件送致が原則だ。すべて家庭裁判所に送られる。

「逆送はないですね……」

富野が言うと、橘川はうなずいた。

「被害者が死亡していないからな」

家庭裁判所が、刑事処分相当と判断して検察に送致することを、逆送致あるいは逆送と言う。

殺人や傷害致死など、故意に人を死なせた場合にこの措置が取られることがある。

「被疑者の少年の身柄は……？」

「神田署に運んだ。話を聞きたければ手配するが……」

「そちらの調べが済むのを待ちます」

「わかった。じゃあ、後で俺を訪ねてくれ」

「現場を見ていいですね？」

「ああ。鑑識の作業が済んだら、俺たちといっしょに見てくれ」

富野と有沢は、橘川のもとを離れた。

ドアが開け放たれており、中の様子が見て取れた。

おびただしい血が飛び散っている。

「刃物で何度か刺したようだな……」

富野が言うと、有沢がこたえた。

「よほど怨《うら》みがあったんですかね……」

「怨みがなくても、キレればこういうことになるかもしれない」

「最近の少年は、キレると何するかわかりませんからね」

たしかに限度を知らない若者が増えたという気がする。だが、少年の凶悪犯罪は昔からあったことで、決して最近になって増えたわけではない。

マスコミの報道や、インターネットのせいで、凶悪な少年事件が増えたような印象があるのだと、富野は思っていた。

富野は言った。

「病院のほうが気になるな」

「自分が現場を見ておきますから、トミさんは病院のほうに行かれたらどうです」

「警察官は、二人いっしょに行動するのが原則だ」

「手分けしたほうがいい場合だってあるでしょう」

このあたりは、富野よりも有沢のほうが柔軟だ。

富野はしばらく考えてから言った。

「わかった。そうしよう。俺は病院に行ってみる」


中大路力也と池垣亜紀は、外堀《そとぼり》通りに面して建っている大学病院に運ばれていた。

大学病院などの大規模な病院に来るたびに、その混雑振りに驚かされる。都内にはなんと病人やけが人の多いことか。

過疎の村では、病院などないところが多い。病院が集中しているのは都市部だけなのだ。

日本全体で見ると医者は不足しているらしい。病院のない土地の人々は、いったいどうやって暮らしているのだろうと、首を捻《ひね》ってしまう。

総合受付で何かを尋ねようとしても、番号カードを取って待てと言われる。富野は警察手帳を出して言う。

「救急で運ばれてきたけが人のことなんだが……」

受付の女性は、手帳を一瞥《いちべつ》してからまたパソコンの画面に眼を戻して言う。

「案内のところに、警備の者がいるので、そちらに行ってください」

もし、自分が病気になっても、こういう病院にはかかりたくない。来るだけで病気が悪化してしまいそうだ。そんなことを思いながら、案内を探した。

カウンター内の中年女性に来意を告げると、内線電話で警備担当者を呼んでくれた。制服を着た三十代の男性だ。

彼についてエレベーターに乗った。ＩＣＵに向かうということだ。

エレベーターを降りて廊下を進むと、ガラス張りのエリアが見えてきた。その前に、捜査員らしい男たちが二人と、制服を着た警察官が一人立っている。

富野は警備員に礼を言って、彼らに近づいた。

富野が手帳を出して名乗ると、二人の私服のうち年かさのほうがこたえた。

「神田署の強行犯係の木原《きはら》だ。少年事件課？」

「そうです」

「じゃあ、送致された後は面倒を見てくれるわけだ」

「送検するのも我々がやると思いますよ」

木原は顔をしかめた。

「どうも、少年事件ってのは、調子が狂うな……。傷害事件だってのに、結局は家裁にすべて預けることになっちまうんだ」

「法律でそうなってますからね」

「悪ガキを法律で守ってやる必要があるのかね……」

「俺に言われても……」

「まあそうだな」

「それで、被害者は……？」

「今手術中だ。けがの具合は医者から聞くことになると思うが、けっこう危ない状態のようだった」

「現場で犯行を目撃していた生徒がいるということですね？」

「ああ。そっちもまだ会えていない。医者の許可が出ていないんだ」

富野はうなずいた。

彼らといっしょに待つしかないだろうか。そんなことを考えていると、木原が言った。

「被害者に非がないわけじゃなさそうだな」

富野は眉《まゆ》をひそめて聞き返した。

「どういうことですか？」

相手は、一瞬話していいものか迷っている様子だった。若いほうの捜査員と顔を見合わせてから、再び富野を見て言った。

「はっきりしたことはまだ言えないんだが、被疑者が供述しているんだ」

「供述しているって……、何を?」

「先生と女子生徒が、淫《みだ》らなことをしていたって……。それを知ってかっとなり、前後を忘れて犯行に及んだと……」

富野は別に驚きはしなかった。

少年事件を担当していると、そういう話はいくらでも聞く。だからといって、決して愉快なことではない。

まだ判断力が充分ではない少女が、性的な関係を迫られるのだ。あるいは、暴力で犯されることもあるし、売春目的の場合もある。

今回の場合は、どうなのだろう。

被疑者の供述が嘘でないとしたら、先生と女子生徒が化学の実験準備室で淫らな行いをしていたということなのだろう。

被疑者はそれを、許せないと感じたのだ。だとしたら、被疑者は女子生徒に対して、好意を抱いていた可能性が高い。

激しい怒りに駆られて犯行に及んだのだとしたら、その好意が原因なのではないだろうか。

「あ、先生……」

そのとき、木原が言った。その視線の先を見ると、白衣姿の男が近づいてくるところだった。眼鏡をかけて白髪が交じっている。

先生と呼ばれたから医者なのだろう。彼が言った。

「今なら話を聞けます。ただし、手短にお願いします」

木原たちが階段に向かった。どうやら、女子生徒に話が聞けるということらしい。彼女がいるのは別の階のようだ。

富野は、二人の強行犯係員について行った。


池垣亜紀は、制服のままベッドに横たわっていた。上半身を起こしており、腹から下は白いカバーをかけた毛布に覆われている。

最近の少女は、どうして顔が小さいのだろう。池垣亜紀は、色白で髪が長く、大きな目が印象的だ。今時の女子高生というより、古典的な美少女だと、富野は思った。

木原が彼女に話しかけた。

「話を聞きたいが、だいじょうぶですか？」

池垣亜紀は、まっすぐに相手を見てうなずいた。

「じゃあまず、名前と年齢からだ。池垣亜紀さん、十七歳。間違いないね？」

「間違いありません」

「住所は？」

彼女は世田谷《せたがや》区下馬《しもうま》三丁目だとこたえた。

「何があったのか話してください」

「中大路先生といっしょにいるところに、突然西条君が現れて、先生を刺したんです」

「中大路先生といっしょにいたのは、化学の実験準備室ですね？」

「そうです」

「そこに突然、西条文弥が現れた……」

「はい」

「西条文弥は、どうして中大路先生を刺したのですか？」

「先生が私にしていたことが許せない。そう考えたのかもしれません」

「先生があなたにしていたこと……？　それは何です？」

「……というか、二人でしていたことなんですけど……」

「それは、いったい……」

「言っても理解してもらえないと思います」

「理解できるかどうかはこちらで考えます。とにかく話してください。あなたと中大路先生は何をしていたのですか？」

「セックス」

「な……」

木原は言葉を失った様子だった。もう一人の捜査員も目を丸くしている。

まあ、無理もないなと富野は思った。そんなことだろうと思ったが、あからさまに言われるとやはり啞然《あぜん》としてしまう。

木原が気を取り直したように言う。

「学校で、先生と生徒が、そんなことを……」

池垣亜紀は平然とした様子のまま言った。

「だから、説明してもわからないって言ったんです」

「そういうことに、説明も何もないだろう」

「ちゃんと理由があるんです」

「どんな理由です?」

「それ、言っても信じてもらえないと思います」

「だから、それはこちらで判断すると言ってるでしょう」

池垣亜紀は、「うーん」と言って考え込んだ。

木原は言う。

「あなたは十七歳なんだから、中大路先生は淫行《いんこう》条例違反で捕まることになりますよ」

「淫行なんかじゃなくて、必要なことだったんですけど……」

「何がどう必要だったんです?」

「法力を発揮するために必要だったんです」

「ホウリキ……」

「そう。法力です」

妙な話になってきた。

富野は戸惑っていた。
戸惑いの理由は、池垣亜紀の話が荒唐無稽《むけい》だからではない。
またか、と思ったからだ。
なぜか自分は、怪しげな話に関わってしまう。富野はそんなことを考えていた。

被疑者の西条文弥は、池垣亜紀と同じクラスだったという。別に付き合っていたわけではないと、彼女は言った。

西条文弥は、五カ月ほど前に転校してきたということだった。その前は、どこにいたのか知らないと、池垣亜紀は言った。

2

そこまで話を聞いたとき、さきほどの医者が病室にやってきて言った。

「そろそろ終わりにしてもらえませんか？」

木原が言う。

「彼女は元気そうですがね」

「PTSDは、見た目ではわかりませんよ。事件について話をすると、そのときのことを思い出すことになりますからね。悪影響があります」

「わかりました。今日はこれで引きあげることにします」

木原とその相棒が病室を出た。

富野は池垣亜紀に尋ねた。

「法力を発揮するために、必要なことをやったと言ったね？」

池垣亜紀はうなずいた。

「君は法力を使えるということか？」

「私の言うことを、信じてくれるんですか？」

「少なくとも、そういう力については信じている」

「私は法力を使うことができます。でも、そのためには……」

「儀式が必要だということだね？」

「うーん、儀式って言うかぁ……」

戸口で医者が言った。

「もう終わりですよ」

富野は病室を出るしかなかった。

廊下に出ると、木原が言った。

「淫行《いんこう》となると、命が助かったとしても、中大路は社会的にただでは済まないな」

富野は言った。

「とにかく回復を待ちましょう。池垣亜紀の証言だけじゃ、何とも……」

「おそらく、西条文弥も同じような証言をするだろう。中大路の淫行が原因となると、西条文弥に情状酌量の余地があるな」

「そう単純な話ならいいんですが……」

「それ以外に考えようがないだろう。中大路は化学の実験準備室で、池垣亜紀と淫《みだ》らな行為をしていた。それを知った西条文弥は、逆上して中大路を刺した。そういうことだろう」

「凶器は何です？」

「ああ……？」

「西条文弥は突然現れて中大路を刺したと、池垣亜紀が言っていましたね」

「それがどうした」

「彼は、二人が何をしているのか、どうやって知ったのでしょう」

「何か用があって実験準備室を訪ねたら、二人が淫らなことをしていたので、逆上したんじゃないのか？」

「その場で、淫行に気づいたのだとしたら、凶器を持っていたのはなぜです？」

木原は考え込んだ。

「凶器は、サバイバルナイフだ。刃渡りが二十センチほどもある、殺傷力が高いナイフだよ」

「そんなナイフをたまたま持っていた、なんて考えられませんよね。事前に用意したに違いありません」

「そうだな……」

「じゃあ、池垣亜紀と淫らな行為をしているのを見て、逆上して犯行に及んだというのは、ちょっと違う気がします」

木原は、肩をすくめた。

「だが間違いなく、池垣亜紀は中大路とセックスをしていたと証言した。そして、そこに西条文弥が来て、突然中大路を刺したんだ。その証言は状況と矛盾していない」

「法力の話は？」

木原は顔をしかめた。

「言い訳だろう。作り話だよ。西条文弥は家裁に送る。そして、中大路も淫行条例違反で逮捕する。それで一件落着だ」

木原の単純さがうらやましいと、富野は思った。そして、彼が言っていることこそが、一般の常識なのだ。

だが、時折富野は常識の範囲を飛び出してしまう。霊能力だの、超自然的な力だのを、信じるしかないような出来事に、何度も遭遇している。

人々は現実を見ろと言う。だが、そんなことを言う人々こそ、現実の限られた部分しか見ていないのだということを、富野は知っている。

木原たちと別れて、病院を出ようとすると、一階の人混みの中に、どうやっても周囲には溶け込まない人物を見つけた。

その男は、全身白ずくめだった。詰め襟のスーツは白。靴も白だ。そして、髪の毛までが白髪だ。年齢はどう見ても富野よりも年下だ。だから白髪ということは考えにくい。銀色に染めているのかもしれない。

あるいは、何かの理由で白髪なのだろうか。

富野はその真っ白な人物に近づいて声をかけた。

「孝景《たかかげ》」

安倍《あべ》孝景は、面倒臭そうに富野を一瞥《いちべつ》すると言った。

「気安く声をかけるな」

「こんなところで何をしている」

「病院なんだから、診察してもらいに来たに決まっているだろう」

「嘘だな。先生が生徒に刺された事件に関心があるのだろう」

「何の話だ？」

「教師は手術中。生徒のほうは、面会禁止だ」

「何の話だかわからないと言ってるだろう。あっち行けよ」

「聞きたいことがある」

「こっちは話なんかねえよ」

「いいから、ちょっと来い」

富野は孝景の腕をつかみ、病院の外に連れ出した。一階にはカフェがあり、玄関の外は小さな公園になっている。

富野はその公園に孝景を連れて行った。

「放せよ」

孝景は、富野の手を振り払った。富野は周囲に人がいないのを確認してから言った。

「あいつらは何なんだ？」

「あいつら……？」

「先生と女子生徒だ」

「俺がそんなこと、知るかよ」

「知ってるからこの病院にいたんだろう」

「訳わかんねえ。あんた、頭おかしいんじゃねえの」

「まともじゃないのは自覚しているさ。だが、そうなったのは、あんたらのせいだ」

「ふん……」

「いいから、知っていることを話せ」

「あんたに話すことなんてないよ」

「嫌なら、警察署で話を聞いてもいい」

「しょっ引こうってのか？　上等だ。やってもらおうじゃないか」

そのとき、富野の背後で声がした。

「こんなところで、言い争いは感心しませんね」

振り向くと、安倍孝景とは対照的に、黒ずくめの男が立っていた。

孝景同様にこちらの男も、富野はよく知っていた。

「鬼龍《きりゅう》か……」

鬼龍光一《こういち》は、シャツもジャケットもズボンも靴も、すべて黒だ。

「ご無沙汰《ぶさた》してます」

どこか気の抜けた挨拶《あいさつ》だ。

「おまえも、孝景同様に、あの二人に用があったというわけか」

鬼龍は、のんびりした口調で言った。

「まあ、何か起きつつあるんじゃないかと思ったのは確かですね。孝景もそれでここに来たんだと思います」

孝景が鬼龍に言う。

「余計なことを言うなよ。おまえ、こいつのことを信用し過ぎじゃねえの?」

「いいじゃないか。同系の仲間なんだから」

「本人は自覚してないんだぞ」

「トミ氏の末裔《まつえい》だとしたら、我々より位が上ということになる」

鬼龍光一は、鬼道衆《きどうしゅう》という集団に属するお祓《はら》い師だ。鬼道衆は、何でも卑弥呼《ひみこ》の鬼道を今に伝える一派なのだそうだ。

出雲《いずも》系の人々でトミノナガスネ彦《ひこ》の系譜だという。

その話がどこまで本当か、富野にはわからない。卑弥呼の鬼道など、いかにも眉唾《まゆつば》だ。よくあるこじつけなのではないかと、富野は思っている。

鬼龍というのも奇妙な名前だ。だが、本名なのだという。昔はそれほど珍しくない名前だったが、字面がおどろおどろしいので、「桐生《きりゅう》」や「霧生《きりゅう》」などに改められたということだ。

安倍孝景の一派は鬼道衆の分派で、奥州勢《おうしゅう》と呼ばれるそうだ。孝景は奥州安倍氏の末裔で、こちらもトミノナガスネ彦《ひこ》と関係があるのだ。

ナガスネ彦の兄であるアビ彦が安倍氏の祖であるという言い伝えがある。

鬼龍や孝景に言わせると、富野はナガスネ彦やアビ彦のトミ氏の末裔だというのだ。

親からもそんな話を聞いたことはないが、母親は出雲大社《いづもおおやしろ》がある島根県の出身だし、父親は和歌山県の出身だ。

どちらもトミノナガスネ彦と縁の深い土地だ。

「俺の血筋のことなんてどうでもいい。何かが起きつつあるというのは、どういうことだ」

「ばかか……」

孝景が言う。「こんなところで話せると思ってるのか」

「……ということは、やっぱり何かあるんだな」

鬼龍が言う。

「孝景の言うとおりですね。ここではちょっとお話しできません」

「じゃあ、やっぱり署で話を聞こうか」

孝景が顔をしかめる。

「しょっ引けるもんなら、しょっ引いてみろよ」

「話が聞きたいだけだ。それに、神田署なら教師を刺した被疑者もいるぞ」

孝景がちらりと鬼龍を見る。

鬼龍は何も言わない。

富野は言った。

「決まりだな。二人とも神田署まで来てもらうぞ」

現場から神田署に移動していた有沢が、鬼龍と孝景を見て目を丸くし、富野に言った。

「またその二人ですか」

「ちょっと話を聞きたい。どこか部屋を借りてくれ」

「取調室ですか？」

「そうじゃない。落ち着いて話ができる場所だ」

「わかりました」

有沢はどこかに消えていき、三分ほどで戻って来た。

「会議室を使ってくれ、ということです」

有沢が案内した先は、小会議室だ。長方形のテーブルが部屋の中央に置かれている。その周囲にパイプ椅子が並んでいた。

部屋の奥にはロッカーと段ボール箱。どこの警察署にもある小部屋だ。部屋の中が汗臭い。これも全国の警察署でよくあることだ。

富野と有沢が奥の側に並んで座り、その向かい側に鬼龍が座った。孝景は戸口付近に立ったままだった。

「座ってくれ」

富野が言うと、孝景がこたえた。

「このままでいい」

富野はかまわず話を始めることにした。

「学校の中で刃傷沙汰《にんじょうざた》だ。男子生徒が、女子生徒といっしょにいた教師を刺した」

孝景が鸚鵡《おうむ》返しに尋ねる。

「女子生徒といっしょにいた教師……?」

富野はうなずいた。

「教師は化学担当だ。化学の実験準備室で刺された。女子生徒が言うには、そのとき、二人はセックスをしていた」

「え……」

声を上げたのは、有沢だった。

鬼龍も孝景も表情を変えない。まったく驚いていない様子だった。

「あんたら二人は、予想していたな？」

孝景が言う。

「予想だって？　何のことだ」

「たいてい、教師と女子生徒が学校でセックスをしていた、なんて聞くと、何らかの反応を見せるもんだ。有沢みたいにな」

「別に驚くほどのことじゃない」

「それでも、普通の人は驚いた振りをしたり、顔をしかめたりするもんなんだよ」

鬼龍が言った。

「まあ、そういうこともあるだろうな、と思ったわけです。孝景もそうだと思います」

「それは一般的な意味でか？」

「一般的な意味で……？」

「最近は学校の風紀も乱れているから、そういうこともありそうだと思ったのか……。それとも、何か特別な意味で言ったのか……」

「そう……。どちらかというと、特別な意味でしょうね」

「それについて話してもらおうか」

孝景が言った。

「まだはっきりしないんだよ。だから調べていたんだ。邪魔しないでくれ」

「何がはっきりしないんだ？」

「これ以上は言えないね」

「言えないじゃ済まないんだよ。教師が刺されて瀕死《ひんし》の重傷を負ったんだ」

鬼龍が聞き返した。

「瀕死の重傷なんですか？」

「言葉のアヤだが、重傷であることは間違いない。俺が病院に行ったときには手術をしていた。……いや、問題はそんなことじゃない。その教師は、このままじゃ、刺された上に淫行で検挙されることになる。何か知っているなら教えてくれ」

鬼龍が言う。

「その先生といっしょにいたという女子生徒から、何か聞いたんですか？」

「もちろん事件の状況を聞いたよ」

「そういうことじゃなくて、何か……」

まあ、一方的に聞き出そうとしても話してはもらえないかもしれない。富野はそう思い、言った。

「セックスをしたのは、法力を発揮するためだと、彼女は言った」

鬼龍と孝景が顔を見合わせた。

鬼龍が富野に視線を戻して言った。

「富野さんは、その言葉を信じているわけですね？」

「奇妙な発言だと思っている。でも、その女子生徒が嘘や冗談を言っているようには見えなかった。そして病院の一階で孝景の姿を見かけたわけだ」

鬼龍がうなずいた。

「その女子生徒が言っていることは、本当だと思います」

「セックスで法力を得るという話か？」

「はい」

「そんなことがあり得るのか……」

「それも含めて、孝景が言ったように、今調べている最中なんです」

「おまえたち二人が調べているということか？」

「もちろん俺たちだけじゃありません。鬼道衆と奥州勢のネットワークを駆使して調べている、という意味です」

「何を調べているんだ？」

鬼龍が何かをこたえようとすると、孝景が言った。

「おい、しゃべりすぎだぞ」

「いいじゃないか。相手は由緒正しいトミ氏の末裔だぞ」

孝景が言った。

「だからといって、確認も取れていない話をするもんじゃない」

「ほう。おまえにしては珍しくまともなことを言う」

「俺はいつもまともなんだよ」

　鬼龍が富野を見て言った。

「孝景が言うとおり、確認も取れていないことは、しゃべらないほうがいいと思います」

「俺は、これから教師を刺した男子生徒から話を聞く。そのためにも事情を知っておきたい」

　孝景が言った。

「淫行をしていた変態教師が、男子生徒に刺された。それでいいじゃないか。週刊誌やワイドショーは大喜びだ」

「そうはいかない。法力を得るための手段だというのなら、事情は変わってくるだろう」

「どう変わるって言うんだ。セックスした事実は変わらない。警察ってのは、事情はどうあれ、やったことについて罪を問うわけだろう。どんな理由があろうと盗みをしたやつは捕まえて罰するじゃないか」

「そういうのとは事情が違うと思う」

「どう違うんだ？」

「もし、法力を得るために女子生徒が積極的にそういうことをしたのだとしたら、被害者はいないことになる」

「それでも淫行条例は成立するんだろう。十八歳未満なら当事者の意思なんて関係なく、犯罪者として扱う。それが警察だろう」

「何でもかんでも犯罪者にしてしまうわけじゃない」

「その女子生徒が積極的にセックスをしたかどうかなんて、どうしてわかる」

「俺は直接話を聞いたからな」

「彼女がだまされているかもしれない。だとしたら被害者だろう」

「あんたは、そうじゃないことを知っているんだろう」

「だから、知ってるわけじゃないと言ってるだろう。確かめることが必要なんだ」

「何が起きているのかを知っているのと、そうでないのとでは、同じ話を聞いても理解度が違ってくる。知らないでいると、大切な話を聞いても気づかない恐れがあるんだ」

孝景は、無言でそっぽを向いた。

「こうしてはどうです？」

鬼龍が言った。「俺と孝景が、富野さんといっしょに、その犯人から話を聞くんです」

「いや、それは……」

神田署の強行犯係や警視庁の捜査一課は、捜査に素人を参加させることなど、絶対に認めないだろう。

機密漏洩《ろうえい》の危険がある。いや、それ以前の問題で、素人を犯罪捜査にたずさわらせるわけにはいかない。

富野が言い淀《よど》んでいると、鬼龍がさらに言った。

「富野さん一人より、俺たち三人で話を聞くほうが、事実をより深く理解できると思います」

富野は有沢を見た。有沢は、苦笑を浮かべている。鬼龍の提案は絶対に認められない。そう思っている様子だった。

富野はその有沢の態度に腹が立った。やってみもしないで、早々に諦《あきら》めるのは、今時の若者によく見られる特徴だ。

その瞬間に、富野は腹が決まった。

「わかった。やってみよう」

3

富野は有沢に言った。

「強行犯係の橘川係長に、西条文弥から話が聞けるかどうか尋ねてみてくれ」

「わかりました」

有沢はそう言ってから、付け加えるように富野に尋ねた。「あのお、本当にその二人を取り調べに立ち会わせるんですか？」

鬼龍と孝景は無言で有沢を見ている。

富野はこたえた。

「何か問題があるか？」

「大ありでしょう。その人たち、一般人じゃないですか？」

「取り調べに臨床心理学者なんかに立ち会ってもらうことだってあるだろう」

「そういう専門家とは違うでしょう、その人たち……」

「ある種の専門家だよ。おまえだって、そのことはよく知っているだろう」

「お祓《はら》い師でしょう？　西条が狐憑《つ》きだとでも言うんですか？」

鬼龍が言った。

「狐憑きじゃないですが、ある意味、もっと厄介かもしれません」

「おい」

孝景が制止する。「余計なことは言うなよ」

鬼龍は穏やかに孝景を見ただけで、何も言い返さなかった。

富野は有沢に言った。

「今回の事件には、彼らの力と知識が必要だ。俺はそう思っている。何か文句はあるか？」

「いや、文句はないですけど……」

「だったら早く、橘川係長のところに行くんだ」

有沢は一瞬、逡巡《しゅんじゅん》した様子だったが、反論を諦《あきら》めたように小会議室を出て行った。

富野は鬼龍に尋ねた。

「どうして、はっきりと教えてくれないんだ？」

「何のことです？」

「中大路力也と池垣亜紀のことだ」

「それは、刺された教師とその相手をしていた女子生徒のことですね」

「そうだ。池垣亜紀が、法力を得るために淫《みだ》らなことをしていたと言った。それはどういうことなんだ？」

鬼龍は孝景を見た。孝景は鬼龍を厳しく見据えてから、ふいと視線をそらした。

鬼龍が富野に視線を戻した。

「その言葉どおりのことだと思います」

「ええと……」

富野は言った。「それはつまり、彼らもあんたらみたいな何かの能力者だということか？」

鬼龍はあっさりと認めた。

「そういうことですね」

「そんなことが本当にあるのか？」

「そんなこと？」

「その……、ヤることで能力が発揮できるとか……」

「ありますよ」

まるでそれが常識であるかのような言い方だった。

「彼らは何者なんだ？」

「学校の先生と生徒でしょう」

「そういうことじゃなくて……」

「そして、彼らはおそらく元妙道《げんみょうどう》の術者です」

「ゲンミョウドウ……？」

「はい。ご存じありませんか」

「知るわけないだろう。何だそれは」

「では、玄旨《げんし》帰命壇《きみようだん》は？」

「聞いたこともないな」

二人のやり取りを聞いていた孝景が顔をしかめて言う。

「こいつに何を言っても無駄だよ」

鬼龍が言う。

「トミ氏の御血筋を、こいつ呼ばわりはいけないな」

「だって、何も知らないんだぜ」

富野は孝景に言った。

「おまえたちの話に耳を傾けるだけありがたいと思え」

孝景は、ふんと鼻を鳴らす。

「別に話を聞いてもらおうなんて思ってねえよ」

鬼龍が、さらに富野に質問をする。

「立川流《たちかわりゆう》もご存じありませんか」

「知らんな」

「では一から説明しなければなりませんね」

孝景がうんざりしたような表情で言う。

「説明する必要なんてねえよ。知りたきゃ自分で調べればいいんだ。ネットでもある程度のことはわかる」

鬼龍は孝景を無視するように説明を始めた。

「立川流は真言《しんごん》宗の一派でした。だから、真言立川流とも呼ばれます。教義の特徴を一言で言うと、男女の交わりを重視することです」

「ほう……」

「平安末期に、仁寛《にんかん》という真言密教の僧が開き、南北朝時代の文観《もんかん》が大成したと言われています」

「中大路力也と池垣亜紀は、ゲンミョウドウの術者とか言わなかったか？　立川流とどういう関係があるんだ？」

「立川流は、真言密教、つまり東密の一派です。一方、台密と言われる天台《てんだい》宗で、立川流の影響を受けたと言われている一派がありました。それが玄旨帰命壇です。摩多羅《まただ》神を本尊として、その前に鏡と灯明を置いて性交をします。立川流と同様に、エクスタシーが即身成仏へ導くという教義です。しかし、立川流は室町《むろまち》幕府の弾圧により、また玄旨帰命壇も江戸《えど》幕府の取り締まりで、消滅したと言われています」

孝景が付け加えるように言った。

「まあ、東密の連中が、立川流は実は他の流派の教義と大差がない、などと言っている。

イメージダウンを避けたいからだけどな」

富野が眉《まゆ》をひそめる。

「立川流も玄旨帰命壇も消滅したんだよな……」

鬼龍がこたえた。

「ええ。どちらも教義は絶えたと言われています。ですが密教の常で、絶えたと言われて、分派した集団が密《ひそ》かに存続していたりするものです」

「じゃあ、そのゲンミョウドウというのも……」

「はい。玄旨帰命壇の玄と命を、元と妙に書き換えて……」

鬼龍は立ち上がり、ホワイトボードに「玄」と「命」、そして「元」と「妙」という字を書いた。

「そして……」

鬼龍がさらに言った。「立川流の中からも真立川流という一派が生き残り、今でも密かに活動を続けていると言われています」

鬼龍はホワイトボードにその名前を書いた。

「地下に潜ったものは先鋭化する」

孝景が言う。「立川流も玄旨帰命壇も宗教的な教義に過ぎない。民衆救済のための方便だ。けどな、その中から能力者が生まれたりする。真立川流や元妙道は、そうした能力者を大切にするんだ」

「能力者か……」

富野はつぶやいた。

鬼龍や孝景と出会っていなければ、そして、彼らとともに数々の不可思議な出来事を経験していなければ、今の説明も受け容《い》れられなかったに違いない。

鬼龍と孝景は間違いなく本物の術者だ。つまり彼らは一種の超能力者だ。

その能力を発揮するためには、いろいろな手法があるのだろう。鬼龍は、昔ながらの密教や古神道の呪法《じゅほう》を利用する。孝景は、武術や格闘術を利用するようだ。

中大路力也と池垣亜紀は、男女の交わりを利用するということだろうか……。

富野が考え込んでいると、有沢が戻って来た。

「西条の話が聞けるそうです」

「わかった。行ってみよう」

富野が立ち上がり戸口に向かうと、鬼龍と孝景がそれに続いた。


取調室の椅子に座っている西条文弥は、見るからに気の弱そうな少年だった。

肌は青白く、あまり日に当たっている様子はない。線が細く、筋肉もそれほど発達していないようだ。スポーツなどとは無縁なのだろう。

彼は目を大きく見開き、さらに頻繁に瞬《まばた》きをしている。口元が弛《ゆる》んでおり、何度も唾《つば》を飲み込んでいるのが見て取れる。

極度の緊張状態なのだ。

彼はこれまで、警察で取り調べを受けたことなどなかったのだろう。刑事たちに話を聞かれること自体、恐ろしいに違いない。

さらに彼は、これから自分がどうなるかわからずに不安におののいているのだ。

富野は、机を挟んで西条文弥の真向かいに座った。鬼龍と孝景は、その後ろに立った。有沢が記録席だ。

富野は言った。

「刑事からいろいろと話を聞かれたと思う」

西条文弥は小さな声で「はい」と言った。

「俺は、刑事じゃなく少年事件課の係員だ。君は罪を犯したが、少年なので送検後、家庭裁判所に送られて、そこで審判を受けることになる。わかるね？」

西条は、大きく見開いた眼を富野に向けている。うなずいたが、ちゃんと理解しているような顔ではない。

だが、ここでいくら説明しても彼の頭には入らないだろう。彼はおそらく警察に来てからずっとパニック状態にあるのだ。

「これから、いくつか質問する」

富野は言った。「刑事たちの質問と重複するかもしれないけど、こたえてくれ」

「はい」

「事件の経緯を教えてくれ」

「化学の実験準備室に行ったら、中大路が池垣を押さえていて……」

今時の高校生は、平気で先生を呼び捨てにするようだ。あるいは、憎んでいるからだろうか。

いずれにしろ、気に入らないが、富野はそれについて、今は何も言わないことにした。

「二人が何をしていたのかわかったんだな？」

「すぐにわかりました」

「何をしていた？」

「その……」

西条文弥は、言いづらそうに言葉を濁した。

「何も気にしなくていいから、見たままを話すんだ」

「池垣が中大路にレイプされていると思ったんです」

「それで……？」

「かあっと頭の中が熱くなって。後のことはよく覚えていません」

「よく覚えていない」

「はい。はっと我に返ったら、中大路が血だらけで倒れていて……。僕はナイフを手にしていました」

「そのナイフは、どうしたんだ？」

「わかりません。準備室にあったんだと思います」

「君が持ってきたんじゃないんだね?」

「違います。僕はナイフなんて持っていませんでした」

強行犯係の刑事たちは、それを信じただろうか。

まあ、信じようが信じまいが、いずれ西条文弥は彼らの手を離れて、家庭裁判所に送られる。

家裁の判事も、凶器のナイフのことは明らかにしたいと考えるだろう。化学の実験準備室にあったという西条文弥の証言の裏を取るためには、中大路力也から話を聞く必要がある。

だが、まだ中大路の意識が回復したという知らせはない。

「君はナイフを手にしていた。そして、中大路先生は血まみれだった。そして、君は返り血を浴びていた。つまり、君が中大路先生を刺したんだね?」

「そうだと思います」

「そうだと思う? そこは大切なところなんだ。ちゃんと話してくれないと困る」

「そのときのことは、よく覚えていないんです。池垣の悲鳴で我に返りました」

「それから?」

「池垣がパンツをはきました」

後ろで鬼龍か孝景のどちらかが身じろぎをする気配がした。

西条文弥が続けて言った。

「池垣は、ケータイで救急車を呼んだようでした」

消防署から警察に知らせが行ったのかもしれない。その辺の事情はまだ確認していなかった。

「救急車や警察が来るまで、君は何をしていたんだ？」

「何もできませんでした。ただ立っていただけでした」

「池垣さんが、中大路先生に襲われていると思い頭に来て、その場にあったナイフで中大路先生を刺した。そういうことだね？」

富野が確認すると、西条文弥は力なくこたえた。

「たぶん、そういうことだと思います」

「刺したのをはっきり覚えていないというんだね？」

「はい」

「君は、池垣さんに特別な感情を抱いていたんだろうか？」

「え……？」

西条文弥がきょとんとした顔になった。意外な質問を受けて驚いたという表情だ。

「特別な感情……」

「彼女を好きだったのか、ということだ」

西条文弥は見ていて気の毒なほど落ち着きをなくした。返事を聞かなくても気持ちは明らかだった。

それでも、本人の口から聞かなければならない。富野は西条文弥の言葉を待った。やがて彼は言った。

「はい。好きでした」

今の態度を見ると、相当に惚《ほ》れていたようだ。それなら、中大路と池垣亜紀がやっていたことを見て逆上したのも理解できる。富野はそう思った。

富野は振り返って、鬼龍たちに言った。

「何か訊《き》きたいことはあるか?」

孝景が口を開いた。

「先生が女子生徒をレイプしていたと言ったな?」

西条文弥がこたえる。

「はい。そう思いました」

「どうしてそう思ったんだ?」

「どうしてって……」

西条文弥は戸惑った表情になった。「池垣が中大路に押さえつけられていたし……」

「無理やりだったのか、と訊いてるんだ」

西条文弥の表情が歪《ゆが》んでいく。思い出したくないことを思い出したという感じだ。

「無理やりに決まってるじゃないですか」

「押さえつけられていたと言ったが、セックスをしていればそんなふうに見えるんじゃないのか。池垣が上になっていたら別だろうがな……」

西条文弥が押し黙った。孝景を見据えているが、明らかにむっとした表情だった。

それはそうだろうと、富野は思った。

孝景はどうしてこういう言い方しかできないのだろう。

孝景がさらに言った。

「おまえ、レイプなんかじゃないって、知ってたんじゃないのか？」

「レイプなんかじゃない……？」

「そう。二人にはセックスをしなけりゃならない事情があった。それをおまえは知っていたんじゃないのか？」

西条文弥は目を瞬《しばたた》いた。孝景が何を言っているのか理解できない様子だ。

当然だと、富野は思った。

立川流だの玄旨帰命壇だのといった話を聞いた富野でさえ、まだよく理解できていないのだ。そんな話を知らない西条文弥にこんな質問をしても意味がないと思った。

それでも、富野は彼がどういうふうにこたえるのか興味があった。返事の内容だけでなく、彼がどういう態度を取るのか、も。

それを見極めようとするのは警察官の本能のようなものだ。

西条文弥は言った。

「そんなはずないです。だって、池垣が中大路なんかと……」

「そういうのをさ、思い込みって言うんだぜ」

西条文弥はもぞもぞと体を動かした。彼の中で何かの感情が渦巻いていて、それをどうしていいのかわからないのだろう。

それは、怒りかもしれないし、悲しみかもしれない。そして、激しい嫉妬《しっと》が混じっているはずだった。

この嫉妬というのはやっかいな感情だ。多くの犯罪の原因となる。

人間はたいていの感情を抑えることができるが、激しい嫉妬はなかなかコントロールすることはできない。

孝景の言葉は、西条文弥の嫉妬心を刺激しているのだ。

西条文弥は、孝景から眼をそらし、下を向いた。その手がかすかに震えていた。

「もういいだろう」

富野は孝景に言った。それから鬼龍に尋ねた。「まだ訊きたいことはあるか？」

鬼龍が西条文弥に尋ねた。

「出身はどこですか？」

この質問は、ずいぶん唐突だと富野は感じた。話の流れとは関係ないように思える。

西条文弥も同様に感じたのだろう。また、きょとんとした顔になり、こたえた。

「東京ですが……」

「東京のどこですか?」

「僕が生まれたのは、八王子《はちおうじ》です」

「ご両親は?」

「どっちも伊豆《いず》大島《おおしま》の出身です。親戚《しんせき》が大島にいます」

鬼龍はうなずいた。

富野は尋ねた。

「それだけか?」

「ええ」

なんだか拍子抜けした気分だった。

富野は、西条文弥に言った。

「先ほども言ったように、君は送検後、家庭裁判所で審判を受けることになる。判事がいろいろと質問をするから、あったことを正直に話すんだ。いいな?」

「はい」

富野は話を終えることにした。

4

取調室を出ると、四人は先ほどの小会議室に戻った。

戸口まで来て、富野は鬼龍たちに言った。

「ちょっと中で待っててくれ」

強行犯係の橘川係長が席にいたので、歩み寄った。

「西条から話が聞けました。便宜を図ってくれて、礼を言います」

「礼を言いに来るとは律儀だな。それで、どんな印象を受けた？」

「ひどく緊張している様子でしたね。まあ、無理もありませんが……」

「自分でやったことに、今さらながらビビってるんだろう」

「犯行のことを、よく覚えていないと言っていますが……」

「ああ、そう言ってたな」

「心神喪失と言えるでしょうか」

「極度に興奮すると、そういう状態になることもある。だが、心神喪失とまでは言えないだろう」

「凶器のナイフのことが気になりますね」

「ああ。ナイフは自分のものではないと、やつは言ってたな。まあ、購入経路とか、調べればわかることだが……」

「家裁送致となるので、充分な調べができないということですね」

「そう。だから、少年犯罪はやっかいだ」

「俺たちがきっちりと調べておきますよ」

「頼むぞ」

「中大路先生の容態は？」

「手術が終わって、意識の回復を待っているところだ」

「……ということは、命に別状はないということですか」

「危ないところだったが、手術はうまくいったそうだ。医者は、持ち直すだろうと言っているらしい」

「話が聞ける状態になったら、凶器の件は裏を取っておきます」

橘川係長はうなずいて、短い沈黙の間を挟んで言った。

「しかしなあ……。学校で生徒が先生を刺すとはなあ……」

「中大路先生が、池垣亜紀をレイプしていたと思ったようですね」

橘川係長の眼が鋭くなった。

「そこだよ」

「そこ……？」

「レイプだとしたら、中大路を逮捕することになる。強制性交等罪は、親告罪じゃなくなったしな……」

かつての強姦《ごうかん》罪は、刑法改正で強制性交等罪と呼ばれることになった。罰則も強化された。

「淫行《いんこう》条例違反とかじゃなく、強制性交等罪……」

言われてみれば当然のことだ。

もし、西条文弥が言ったとおり、池垣亜紀をレイプしたのだとしたら、中大路は逮捕・起訴されることになる。そして、おそらく執行猶予は付かない。

橘川係長が言った。

「強制性交等罪となれば、強行犯係の俺たちは黙っていられない」

「池垣亜紀は、強制性交だとは言ってませんでしたね」

「まだ現実がよく理解できていないのかもしれない。ショックのせいだろう」

そんな感じではなかった。

彼女ははっきりと「法力を発揮するためにセックスした」と言っていたのだ。それを、強行犯係の木原とその相棒も聞いていたはずだ。

それが橘川係長に伝わっていないのだろうか。疑問に思った富野は尋ねた。

「池垣亜紀が病院で何を言っていたか、聞いてますか？」

「ああ、報告は受けたよ」

「木原さんから？」

「木原を知ってるのか？　ああ、そうか。病院で会ったんだな」

「ええ。いっしょに池垣亜紀の話を聞きました」

「木原は、彼女が支離滅裂な発言をしたと言っていた。やっぱりショックのせいだろう。医者もＰＴＳＤの影響があると言っていたんだろう」

「正確には医者は、ＰＴＳＤは、見た目ではわからない、と言ったんです」

「同じことだろう」

「そうでしょうか」

「まあ、いずれにしろ、中大路は何らかの罪に問われることになるな。最悪で強制性交等罪、最も軽くて淫行条例違反だ」

法力を得るためにセックスをした、という池垣亜紀の証言は無視されているようだ。ショックのせいで支離滅裂なことを言っている。その程度にしか考えられていない。

当然と言えば当然だ。

法律は一般社会の常識を基に作られている。そして、法力だの術者だのといった事柄は、一般常識の埒外《らちがい》にあるのだ。

「とにかく……」

富野は言った。「中大路先生の意識が戻ったら、よく話を聞くことですね」

「当然、いろいろとしゃべってもらうさ」

厳しい取り調べをするということだ。つまり、自白を取るつもりだと、橘川係長は言っているのだ。

富野は少年事件課なので、あくまで西条文弥が担当だ。中大路の罪については、強行犯係の仕事なのだ。

本来ならば口を出すことはできない。だが、何もしなければ、中大路は罪に問われることになるだろう。

どんな理由があるにせよ、高校の校舎内で教師が女生徒と淫《みだ》らな行為をするのは、社会的に許されることではないだろう。

面倒なことになったな……。

富野はそう思いながら、小会議室に戻った。

すると、孝景と有沢が睨《にら》み合っていた。険悪な雰囲気だった。

富野は尋ねた。

「どうした？　何かあったのか？」

有沢は気まずそうに眼をそらして、そっぽを向いた。孝景は、腹立たしげに有沢を見ている。

鬼龍がこたえた。

「ちょっと、言い争いになりまして……」

富野は驚いた。

「どうしてまた……」

「取調室での孝景の質問について、有沢さんが尋ねました。いったい、真意は何だったのかって。そうしたら、孝景は何も知らないやつに説明しても始まらないと……」

富野はあきれて言った。

「おまえはどうしてそういう言い方しかできないんだ？」

孝景が言う。

「ふん、そういう言い方もこういう言い方もない。事実を言っているだけだ」

それに対して、有沢が言った。

「西条が、レイプじゃないことを知っている、なんて、完全に孝景の思い込みですよ」

孝景がむっとしたように言った。

「あんたに、名前を呼び捨てにされる筋合いはない。安倍さんと言ってくれ」

有沢が言い返す。

「呼び方なんてどうでもいい。あんたは、取調室で、自分の思い込みを被疑者に押しつけようとしたんだ」

「だから、何も知らないやつは黙ってろと言ってるんだ」

「取調室に素人を入れるなんて、だから嫌だったんだ」

「素人はどっちだよ」

「傷害事件なんだから、警察に任せて素人は引っ込んでろと言ってるんだ」

「そっちこそ、引っ込んでろよ」

富野はうんざりした気分で言った。

「つまらないことで言い争っている場合じゃないんだ」

すると、有沢が富野に言った。

「つまらないことではないでしょう。孝景は、西条がレイプだと思ったと証言しているのに、それを根拠もなく否定して、レイプじゃないことを知っていたんだろう、などと証言を誘導しようとしたんです」

孝景が言った。

「だから、安倍さんと呼べと言ってるだろう。西条がレイプでないことを知っていたかもしれないというのは、ちゃんと根拠があってのことなんだよ」

「何だよ、その根拠っていうのは……」

「どうせ説明してもわかんねえだろう」

いつまでも言い争いをさせているわけにはいかない。

富野は有沢に言った。

「おまえが事情を知らないのは仕方がない。ちゃんと説明していないからな」

「事情……？」

有沢が依然として腹を立てた様子で言った。「いったい、どんな事情があると言うんです？」

「それを聞いたら、後戻りはできないぞ」

有沢はふと不安げな顔になった。

「脅かさないでください」

「脅しじゃない。知らずに済めばそれに越したことはない。そういう話だ」

有沢は挑むように言った。

「それはいつものことじゃないですか。この人たちに関わったからには、覚悟してますよ。自分だけ蚊帳《かや》の外というのは耐えられません」

富野はうなずいて、鬼龍に言った。

「説明してやってくれないか」

「わかりました」

鬼龍は、立川流、玄旨帰命壇、そして、真立川流、元妙道について説明した。

話を聞くうちに、有沢から怒りの表情は消えていった。

どんな場合でも、無知が誤解を生み、誤解が対立を生むのだと、富野は思った。

鬼龍の説明を聞き終えると、有沢が言った。

「すると、ナンですか？　中大路力也と池垣亜紀は、霊能力を発揮するためにセックスしていたというんですか？」

鬼龍がうなずいた。

「そういうことになりますね」

「じゃあ、あの二人は、真立川流か元妙道のどちらかということですね？」

「そうですね」

「どっちなんです？　真立川流ですか？　元妙道ですか？」

「おそらく元妙道だと思います」

富野は有沢に言った。

「今の話をどう思うかは、おまえの自由だ。いちおう事情は説明した」

「富野さんは信じるんですね？」

「まあ、信じるというか……。そういうこともあるかもしれないな、というのが正直なところだ」

「わかりました。自分も信じることにします」

「本当か？」

有沢が肩をすくめた。

「教師と女子生徒がただヤってたというより、何か理由があったほうが安心しますしね」

なるほど、と富野も思った。

有沢が言うとおり、理由もなく二人が校舎内で性交していたというのは、許せない気がする。ましてや、レイプなどもっての外だ。それが、法力のためとなれば、納得はできないまでも、多少印象が変わってくる。

「じゃあ、孝景が言ったことも、理解できるな？」

「それでも疑問が残ります」

「どんな疑問だ？」

「中大路力也と池垣亜紀は、元妙道の特別な儀式をやっていたということでしょう？」

「そうらしいな。池垣亜紀はそう言っていた」

「西条は、その儀式をたまたま目撃しただけかもしれません。それなのに、孝景は、西条がその儀式のことをあたかも知っていたかのような言い方をしたんです。それが納得できません」

孝景がばかにするように笑いを漏らしてから言った。

「たまたま見かけただけのやつが、刺したりするかよ」

有沢が言い返す。

「レイプしていると思ったと、本人も言ってた」

「想像力が欠如してるんだよ。いいか？　もし自分が西条だったらと想像してみろよ。準備室に行ったら、そこで教師が女生徒をレイプしている……。それを見た瞬間に、教師を刺したりするか？」

有沢は考え込んだ。

「どうだろうな……」

「まず、その行為を止め、池垣亜紀を助けようとするだろう。そして、事の真相を確かめようとする。相手に怒りをぶつけるとしたら、その後だろう」

有沢はさらに考え込む。孝景に言われたとおり、自分が西条文弥だったらどうするかを想像しているのだろう。

やがて有沢が力なく言った。

「瞬間的にキレるやつもいるさ……」

「異常なことが行われているのを眼にした瞬間に、その行為者を攻撃するなんて、人間の行動として不自然なんだよ」

孝景とは思えない論理的な言葉だった。

いや、もともと孝景は頭のいい男なのかもしれない。彼の粗暴に見える行動は、もしかしたら、計算ずくなのではないか。そのとき、富野はそんなことを思っていた。

有沢が言った。

「行為を見た瞬間に刺したとは誰も言っていない。タイムラグがあったかもしれない」

「西条は、行為を見た瞬間にかあっと頭の中が熱くなって刺したと言ったんだ」

「刺したとは言ってない。後のことはよく覚えていないと言ったんだ」

「ナイフについてはどう思うんだ？」

「凶器のナイフか？　化学の実験準備室にあったものを使用したと言っただろう」

「それを信じるのか？　都合よく手の届くところにナイフがあったというのか？」

有沢は、しどろもどろになってきた。

「西条がそう証言しているんだし、否定する根拠がまだない。話を聞こうにも、中大路力也の意識はまだ戻らないようだ」

「中大路がだめなら、池垣亜紀に訊《き》いてみればいいさ。中大路と二人で準備室にいたんだから、ナイフがあったかどうかは知っているだろう」

「言われなくても、確認するよ」

「けどな、どうも不自然だ。眼に付くところにナイフを置いておくなんて、まるで刺してくれと言わんばかりじゃないか。それにな、どうして実験準備室にサバイバルナイフがあるんだ？　それも不自然だ」

「じゃあ、おまえはそのナイフはどこにあったと思ってるんだ？」

「西条が持っていたとしか思えないじゃないか」

二人はまだ互いに多少の反感を持ってはいるものの、話の内容は興味深いものだった。

富野は言った。

「凶器についてはあらためて確認しよう。実はもう一つ、問題がある」

三人が富野に注目した。質問したのは、鬼龍だった。

「何です、その問題というのは」

「強行犯係の橘川係長は、西条文弥が言ったレイプという言葉に飛びついた」

鬼龍がさらに尋ねた。

「その言葉を信じたということですか？」

「状況を見れば、考えられないことじゃない。そして、そういう場合、強行犯係は徹底的に追及する」

有沢が言った。

「西条は、レイプをしていたと証言したわけじゃありません。レイプだと思って激高したと言っているだけです」

「彼らにしてみれば、同じことだ。記録にレイプという単語がしっかりと残っている。あとはあの手この手で中大路を落とせば……」

「送検・起訴はできると……」

「刑法が改正されて、性犯罪が厳罰化されたばかりだしな」

鬼龍が確認するように言った。

「では、中大路先生は警察に捕まってしまうということですか？」

富野はこたえた。

「逮捕されて送検されたら、まず起訴は免れないな。そして、起訴されたらまず執行猶予はない。レイプが証明されなくても、淫行条例違反で起訴されることになる。池垣亜紀は十八歳未満だからな」

「ふん、捕まればいいさ」

孝景が言った。「生徒とヤってたことは確かなんだからな」

富野は孝景に言った。

「犯罪性がないことを犯罪だと言って取り締まるのは問題なんだよ」

「犯罪ってのは、本人がどう思うかじゃなくてやった行為のことだろう」

「それは議論の分かれるところだ。だいたいおまえは、どうして病院にいたんだ？」

「あ……？」

「おまえたち二人は何かを調べている最中だ、と。いったい何を調べているんだ？」

「それはまだ言えねえな」

「真立川流や元妙道に関することだというのはわかっている。その連中がどうしたというんだ？」

孝景が舌を鳴らして鬼龍に言う。

「おまえが余計なことを言うから……」

鬼龍は平気な顔で言葉を返す。

「富野さんにはいろいろとお話ししたほうがいい。警察が味方についてくれればありがたい」

富野は言った。

「ちゃんと話してくれないと、味方になるどころか、検挙するはめになるかもしれない」

「依頼があった。だから、調べていた」

孝景が言う。「今はそれくらいしか言えねえ」

「人が刺されて死にかけているんだ。それじゃ済まないぞ」

孝景は何か別のことを考えているような顔をしていた。しばらく無言だったが、やがて彼は言った。

「そうか、考えたな……」

富野は怪訝《けげん》に思って尋ねた。

「誰が何を考えたというんだ?」

「中大路の排除だ」

「排除……?」

「もし中大路を殺せなくても、あいつがレイプで捕まって刑務所にぶち込まれれば、排除するという目的は果たせる」

「誰が何のために中大路先生を排除するんだ?」

富野が尋ねても、孝景は考え込んだまままこたえようとしない。

いったい、孝景や鬼龍は何をしようとしているのか。それを知る必要があると、富野は思っていた。

5

「おまえは誰かに依頼されて、中大路と池垣亜紀のことを調べていた。だからあの病院にいたんだ」

富野は孝景に言った。「そういうことだな」

孝景は面倒臭そうに言った。

「守秘義務があるんだ。何も話せねえよ」

「弁護士や医者じゃないんだ。守秘義務なんて認めない」

「あんたが認めなくても、法律は認めてるんだ」

「法律だと？」

「刑法第一三四条の第二項だよ。警察官のくせに知らねえのかよ」

「弁護士じゃないんで、条文を全部覚えているわけじゃないんだ」

「簡単に言うと、宗教や祈禱《きとう》、祭祀《さいし》に関わっている者も、医者や弁護士なんかと同様の守秘義務があるって条文だ。ちなみに、守秘義務というくらいだから、これは権利じゃなくて義務なんだ。秘密を洩《も》らすと、六ヵ月以下の懲役又は十万円以下の罰金ってことになる」

「言われて思い出したよ。たしかに刑法にそんな条文があったな」

「だから、俺は依頼の内容を洩らせない。洩らしたら警察に捕まることになっちまうからな」

口の減らないやつだ。

富野は鬼龍に尋ねた。

「あんたはどうだ？　知っていることを話してくれないか？」

「依頼というか、相談を受けたのは孝景です。俺は孝景に手伝ってくれと言われただけです」

孝景が鬼龍に言った。

「俺は別に手伝ってくれとは言ってねえぞ。立川流や玄旨帰命壇の現状を尋ねただけだ」

「見栄《みえ》を張るな。手に余ると感じていたのは確かだろう」

富野は鬼龍に尋ねた。

「手に余る……？　面倒な話なのか？」

「面倒というか、かなりでかい話ですね」

「でかい話？」

「鬼龍」

孝景が厳しい眼をして言った。「そこまでだ」

鬼龍が孝景に言う。

「話したらどうだ？」

「何だって？」

「富野さんは、トミノナガスネ彦のトミ氏の末裔《まつえい》だぞ。きっと力になってくれる」

「いや、待て……」

富野は言った。話を聞きたいのはやまやまだが、妙な形で加担させられるわけにはいかないと思った。「力になれることとなれないことがある。それははっきりさせておかないとな」

孝景が尋ねる。

「力になれることって、どんなことだ？」

「それは話を聞いてみないとわからないな」

「逆に力になれないことってのは？」

「俺はお祓《はら》いができるわけじゃない」

鬼龍が富野に言った。

「いや、徐々に力が目覚めているはずです。まだ自覚されていないと思いますが、おそらくかなりの力を発揮されるのではないかと思います」

「そう。自覚はないよ。そして、今後も自覚したいとは思わない」

孝景が吐き捨てるように言う。

「ふん、トミ氏のくせに情けない」

鬼龍がたしなめる。

「孝景、そういうことを言うな」

孝景は、ふと何かに気づいたように富野に言った。

「今のままだと、中大路は強姦罪《ごうかん》で捕まるんだな？」

「強姦罪じゃない。強制性交等罪という名前に変わった」

「変な名前だな」

「法律用語はもともと変な言葉だらけだよ」

「とにかく、中大路は逮捕されるんだな？」

富野は考え込んだ。

「神田署の強行犯係の連中は意気込んでいるな。まあ、状況を見ると、中大路は言い逃れできそうにない」

「あんたが力になれる場面じゃないか。なんとかできないのか」

富野が言った。

「それが一番困るんだよ。警察の中で妙なことをすると、クビになる」

「クビが怖いのか？」

「当然だ。公務員は何より処分が恐ろしいんだよ」

「ちっ。結局当てにならないんじゃねえか。そんな相手に話をする必要はねえな」

富野は尋ねた。

「つまり、おまえは中大路が逮捕されないほうがいいんだな？」

孝景は何も言わない。

富野はさらに言った。

「そう言えばおまえ、こんなことを言ってたな。誰かが、中大路を排除しようとしているんだ、と……。たしかに、殺さなくても、警察に逮捕されて、執行猶予もつかないとなると、中大路を排除できるな。だが、誰が、何から排除するんだ。それを説明してもらわないとな」

孝景はそっぽを向いて言った。

「だから、守秘義務があるんだよ。俺に罪を犯させようってのか」

富野は考えながら言った。

「中大路と池垣亜紀は、元妙道だと言ったな。だとしたら、中大路を排除しようとしているのは、真立川流か」

「さすがですね」

鬼龍が言う。「やはりトミ氏は違います」

富野は言った。

「誰が考えたってわかるさ。しかし、中大路を刺したのは、学校の生徒だ」

そこまで言って富野は気づいた。「なるほど、それで孝景は西条文弥を疑っているわけか。もしかしたら、西条文弥は真立川流なんじゃないか、と……」

孝景は、ふてくされたように言った。

「刺したのは誰だ？　そして中大路がレイプしていたと思ったと証言したのは誰だ？　疑って当然じゃないか」

「中大路や池垣亜紀を監視しようとして、病院を張っていたわけじゃないんだな？　むしろおまえは、元妙道の側にいるということか？」

孝景はきっぱりと言った。

「俺はどっちの側でもない」

「真立川流のやつらが、元妙道の中大路を排除しようとした。おまえは、中大路と池垣亜紀を守ろうとしていたんじゃないのか？」

「どっちの側でもないと言っただろう。別に俺はあの二人を守ろうとしていたわけじゃない」

「じゃあ、どうして中大路を逮捕させたくないんだ？」

「悪いことをしたわけじゃないのに、逮捕するのが許せないんだよ。あんただってそう言ってただろう」

「たしかにな。だが、悪いか悪くないか、決めるのは法律なんだ。そして、法律というのは社会の規範だ。宗教的な儀式かもしれないが、法律に違反したら逮捕されることにもなりかねない」

「法律が万能というわけじゃない。未成年者と性交するのがすべて犯罪だと決めてしまう世の中はどうかと思う」

「未成年者を守るためだ」

「何かを守るという理由で、規制をかけて例外を認めない。それが新たな犯罪を生むこともある。かつて犯罪じゃなかったことが犯罪とされてしまうわけだからな。そんなの法律のほうがおかしいだろう」

富野が反論しようとすると、それまでずっと黙っていた有沢が言った。

「あのお……。中大路がレイプをしたのかどうか、ここであれこれ言ってないで、早く池垣亜紀に訊きに行くべきだと思いますが……」

富野は、ふと我に返ったような気分で言った。

「そのとおりだな」

鬼龍が言った。

「では、彼女に会いに行きましょう」

「あんたも行くのか?」

「乗りかかった船ですから……」

「しょうがないな……」

結局、孝景が誰からどんな依頼をされているのか、聞き出すことができなかった。

だが、まあいい。そのうちにわかるだろう。富野はそう思いながら、小会議室を出た。

病院に連絡したら、すでに池垣亜紀は退院したということだ。

四人で彼女の自宅に向かった。世田谷区下馬三丁目だ。そのあたりは、交通の便があまりよくない。最寄りの駅は田園都市《でんえんとし》線の三軒茶屋《さんげんぢゃや》だが、そこから二十分近く歩くことになる。

渋谷《しぶや》からバスが出ているのでそれに乗った。住所を見ると、野沢龍雲寺《のざわりゅううんじ》という大きな寺の近くだ。

「龍雲寺は臨済《りんざい》宗ですね……」

鬼龍はバスの中でぽつりと言った。

有沢が小声で富野に言った。

「どうして、あの二人がついてくるんですか」

「ずっといっしょなんだから、別にいいだろう」

「そういうことじゃないでしょう」

「なら、どういうことだ？」

「バスの中とかじゃ言えませんよ」

「なら黙ってろ」

有沢はそれきり、バスを降りるまで一言も口をきかなかった。

彼女の自宅は古い二階建ての一軒家だった。訪ねて行くと、本人が玄関に出て来て、鬼龍は驚いた。

「家の人は……？」

「両親は共働き。だから、私一人で留守番」

「共働き？」

富野は思わず尋ねていた。「この家は持ち家なんじゃないんですか？」

「そうだけど？」

「家賃がかからないのに、共働きをする必要があるのかなと思いましてね……」

「働く理由はお金だけじゃないと思うよ」

「そうですね。まあ、余計なことでした。ちょっと、話を聞かせてもらえますか？」

「別にいいけど……」

池垣亜紀は、白と黒の二人を気にしている様子だ。

富野は紹介した。

「ああ……。この二人は、何と言うかお祓い師みたいなもんでね……。よければ、いっしょに話を聞きたいんです」

池垣亜紀は、珍しいものを見るように、しげしげと富野を見た。その眼が驚くほどきれいだと富野は思った。

「どうしました。何か変なことを言いましたかね」

「法力を得るための儀式のこと、信じてくれたのね」

「化学の実験準備室で、あなたが中大路先生とやっていたことですか？」

「そう。だから、そういうのに詳しい人を連れて来たんでしょう？」

そう思ってくれるなら、それに越したことはない。

「まあ、そういうことです」

「まさか、警察の人が信じてくれるとは思わなかった」

富野は言った。

「こうして、玄関に私たちが立っていると、近所の人の眼につきますよ」

「別にかまわないけど、上がってもらったほうがよさそうね。どうぞ」

「失礼します」

彼女に案内されて、リビングルームに向かった。狭い空間に、応接セットがきちきちに置かれていた。

どうにか全員が腰を下ろすことができる。池垣亜紀も座って言った。

「お茶とか出さないけど……」

「もちろんけっこうです。気にしないでください」

「いつもそういう話し方なの？」

「そういう話し方？」

「高校生相手に、丁寧なしゃべり方……」

「まあ、仕事ですし……。それほど親しくない人には、こういうしゃべり方をします」

「普通にしゃべってよ。私もそのほうが楽だから……」

富野は一瞬戸惑った。だが、すぐに池垣亜紀の言うとおりにしようと思った。普段、職質などの仕事でも丁寧語を使わないことも多い。

「じゃあ、そうする。重要な質問があるんで、こたえてほしい」

「法力の儀式のこと？」

「まあ、そうとも言える。君は、中大路先生にレイプされていたのか？」

「はあ……？」

「イエスかノーかで、はっきりとこたえてほしい」

「ノーに決まってる」

「だが、西条文弥は、化学の実験準備室で君が中大路先生にレイプされていると思った、と供述している」

「だーかーらー、それ、法力を得るためだって言ったでしょう」

「それをちゃんと証言できるか？」

「もちろん」

そのとき、孝景が言った。

「合意だとしても、淫行《いんこう》条例には引っかかるんだろう？」

富野は言った。

「だが、強制性交等罪は避けられる。この差は大きい」

「いや、どっちだって似たようなもんだ。高校教師が教え子に手を出したってことだ。社会的に葬られる」

富野は考え込んだ。孝景の言うとおりかもしれない。

量刑の差はこの際関係ないかもしれない。孝景が言うように、淫行条例違反でも中大路は教師を続けられないだろう。

仕事を失うだけでなく、近所からも白い眼で見られるかもしれない。家族もつらく当たるに違いない。そして、社会的に葬られるのだ。

「だが、性交自体をなかったことにはできない。西条の供述もあるし、彼女も証言している」

「だから、何とかできないのかと訊いてるんだ」

「どうにもならないな」

すると、鬼龍が言った。

「西条の供述をくつがえすことができるかもしれません」

富野は眉《まゆ》をひそめて鬼龍を見た。

「どういうことだ？」

「中大路先生と池垣さんがやっていたことが何だったのか、西条が知っていたとしたら、彼が言ったことは嘘だということになり、供述の信憑性《しんぴょう》がないということにできます」

「いったい何を言ってるんだ？」

「つまりですね、二人の行為が、一種の宗教的な儀式だと、西条が知っていたということになれば、レイプだと思ったなどという供述は嘘だということになります」

「あんた、まるで弁護士みたいなことを言うんだな」

「いろいろと苦労してますからね。頭を使うことも覚えますよ」

「だが、どうやって西条の供述をひっくり返す？　彼が儀式のことを知っていたかどうかわからない」

「あの……」

有沢が言った。「自分ら、池垣さんに話をうかがいに来たんですよね」

そう言われて、富野は池垣亜紀に謝った。

「申し訳ない。別にないがしろにしていたわけじゃない」

池垣亜紀が興味深げな顔で言った。

「西条が儀式のことを知っていたって、どういうこと？」

富野はこたえた。

「いや、もしそうなら、という仮定の話だ」

孝景が言った。

「可能性はおおいにあると思うぜ。実験準備室に行って、中大路を刺したのは、計画的な犯行だったのかもしれない」

池垣亜紀が驚いた様子で孝景を見つめている。富野も驚いて尋ねた。

「どうして計画的だなんて思うんだ？」

「そうだな……。ナイフの件はどうだ？　中大路を刺したナイフは誰の物だ？」

「そうだ」

富野は池垣亜紀に眼を戻して言った。「それも確認する必要があったんだ。ナイフは実験準備室にあったのか？」

「あったかって、どういうこと？」

「西条が部屋に入ってくる前から、ナイフがあったのか、ということだ。西条は、テーブルの上にあったナイフで咄嗟《とっさ》に刺したと供述している」

池垣亜紀は首を傾《かし》げた。

「よく覚えてないけど、ナイフには気づかなかった」

孝景が尋ねる。

「ごついサバイバルナイフだったんだろう。そんなものがテーブルの上に転がっていたら、嫌でも気がつく」

池垣亜紀がもう一度言った。

「気がつかなかった。つまり、なかったんだと思う」

孝景が富野に言う。

「西条が持ってきたってことだろう」

「だとしたら、おまえの言うとおり西条は嘘をついていたことになる」

「中大路を刺すために持ってきたんだ。つまり、計画的な犯行だったということだろう」

「だからといって、西条が中大路先生と池垣さんの儀式のことを知っていたことを証明することにはならない」

「その点について、彼女はどう考えているかな？」

孝景が池垣亜紀のほうを見た。富野は彼女に尋ねた。

「西条とは親しかったのか？」

「そうでもない。あいつ、転校生だったし……」

「そうか。転校生だったな……」

富野は思わずつぶやいていた。

6

「そう。二年生の新学期に転校してきたんで、彼が転校生だと知らない子もいる」

池垣亜紀の言葉を聞いて、富野は言った。

「そう言えば、西条が生まれたのは八王子だと言っていたな」

鬼龍が言った。

「そして、両親は伊豆大島の出身だと言っていました」

孝景が言う。

「それも根拠になるじゃないか」

富野は尋ねた。

「何の根拠だ？」

「西条文弥が真立川流だという根拠だ」

「どうして」

「立川流の成り立ちを知っていれば、わかることだ」

「そんなこと、普通に暮らしている我々が知るはずないだろう」

孝景が見下したような顔で富野を見た。彼は説明を始めようとしたようだった。そのとき、池垣亜紀が言った。

「仁寛ね」

「仁寛……？」

富野は記憶をたどった。「たしか、立川流の始祖だったな？　それがどうかしたのか？」

池垣亜紀が言う。

「学僧だった仁寛は、謀叛《むほん》の疑いをかけられて、伊豆に流されたの。そのときに、武蔵《むさし》国立川出身の陰陽師《おんみょうじ》と会ったことが、立川流を作るきっかけだったわけ」

孝景が言った。

「そういうこと。俺たちの間では常識だ」

富野は顔をしかめた。

「おまえらの常識が、俺たちの常識とは限らない」

「あんた、トミ氏だろうが」

富野は孝景を無視して、池垣亜紀に言った。

「君にとっても常識だというわけか？」

「うーん、常識っていうか……。小さい頃からそういう話は聞かされたわよね」

「……ということは、君は立川流なのか？」

「冗談。私たちは台密よ。東密なんかといっしょにしないで」

「……ということは、玄旨帰命壇系の元妙道だな」

「そう。わが家は代々、元妙道」

「つまり、中大路先生もそうだというわけだね？」

「そう」

「元妙道は、真立川流と対立しているのか？」

「そうね。そういう関係にあるよね」

「だとしたら、西条が真立川流だという可能性もある」

池垣亜紀は、さっと肩をすくめた。

孝景が言った。

「だから言ってるだろう。両親が伊豆大島出身だということや、西条自身が八王子の出身だということが、真立川流だということを物語っているんだ」

富野は言った。

「仁寛の縁《ゆかり》の土地だからか？　いや、それは根拠にはならないな」

「どうしてだ？」

「実際にそうだとしても、こじつけにしか聞こえない。それに、立川と八王子じゃずいぶんと遠いぞ」

「同じ修験道の文化圏なんだよ」

鬼龍が言った。

「富野さんが言われるとおり、帰納的に根拠と考えるのには無理があるかもしれませんね。つまり、それで何かを証明できるわけではありません。しかし、演繹《えんえき》的に類推することはできます。たしかに伊豆という言葉や多摩《たま》地区の地名は仁寛を連想させますから……」

富野は考えた。

「言いたいことはわかるが、俺たちが必要なのは、西条が中大路先生と彼女がやっていたことの意味を知っていたということを証明できる根拠だ」

「だからさ」

孝景が言った。「それを何とかしろと言ってるんだ」

池垣亜紀が言った。

「さっきから、レイプとか淫行《いんこう》条例とか言ってるけど、それって、中大路先生が捕まるってことだよね」

富野はこたえた。

「今のままだとそうなる」

「どうして？　レイプなんてされていないって、私は証言できるよ」

「それでも淫行条例違反で検挙されることになる」

「必要なことをしただけなのに？」

「法律だからな」

「そんなのおかしいよ。法律家も警察の人も、私たちのことを知らないだけじゃない。ちゃんと教義に則《のっと》っていることをやっているのに、無知な人がそれを裁くわけ？」

孝景が言う。

「彼女の言うとおりだ。何も知らないやつらが、権力を振りかざして、正しいことをしようとしている者たちを取り締まるんだ」

富野は言った。

「いくら教義に則っているからといって、それが社会通念上許されないこともあるだろう」

言いながら、自ら説得力がないなと思っていた。いや、普段ならそれで充分に通る話だ。今周囲にいる連中が特殊なのだ。だから、この場では説得力がないと感じてしまう。

池垣亜紀が言った。

「どうすれば、中大路先生が捕まらないで済むの？」

「ほう……」

孝景が言った。「先生のことを心配するなんて、今時珍しく感心な生徒だな」

池垣亜紀が孝景を見て言った。

「適合者を見つけるのはたいへんなんだよ。中大路先生が捕まったりしたら、また適合者探しから始めなきゃならない。そんな暇はないんだよ」

孝景がうなずいた。

「なるほど、そういうことか」

富野が尋ねた。

「適合者？」

「誰とでもヤればいいってもんじゃない。法力を得るためには、それなりの相手を探さなきゃならないんだ」

「それは、相性みたいなものなのか？」

「うーん。強いていえば、陰陽のバランスかな……。儀式は陰と陽の交わりなんでね」

鬼龍が言った。

「陰が強すぎても、また逆に陽が強すぎても、うまく作用しないということですね。なるほど、バランスは大切だと思います」

富野は言った。

「何だかわからないが、とにかく、中大路先生じゃなきゃだめだということだな」

池垣亜紀がうなずく。

「そう」

鬼龍が考えながら言う。

「強制性交等罪でなく、淫行条例違反だけなら、いきなり実刑で刑務所、ということはないですよね？」

「そうかもしれないが……」

「だったら、儀式を続けられます」

「ばか言え。起訴猶予とか執行猶予中に、また淫行したことがばれたら、間違いなく実刑だ。しかも、彼は教師で相手が教え子となると裁判官の心証もえらく悪くなる」

「だったらやはり、性交そのものをなかったことにするしかありませんね……」

富野は鬼龍を見た。

「さっきあんたが言ったように、西条の証言をすべて信憑性《しんぴょう》のないものにしてしまう、ということか」

「そういうことですね」

「しかし、性交したことは事実だ」

「宗教的儀式です」

「そいつは欺瞞《ぎまん》だな。そんな言い訳は通らない」

「優秀な弁護士なら、何とかしてくれるかもしれません」

「俺は警察官だからな。弁護士とは言わば対立関係にある」

鬼龍は、小さく肩をすくめただけで、何もコメントしなかった。

孝景が鬼龍に言った。

「性交そのものをなかったことにするってのは無理じゃないのか？　西条は取り調べの

ときに、こう言った。池垣がパンツをはいた、と……。西条が中大路を刺した後のことだ。つまり、西条が二人を見たとき、彼女はパンツをはいていなかったということだ」

こいつ、デリカシーがないなと、富野は思った。だが、池垣亜紀は平気な様子で言った。

「救急車が来るのに、ノーパンってわけにもいかないでしょう」

孝景が言う。

「問題は、そこじゃなくてさ。二人はパンツを脱がなきゃできないようなことをやっていたってことだ」

鬼龍が言う。

「それも、西条だけが証言していることだろう。西条の証言に信憑性がないということになれば、否定できる」

富野はかぶりを振った。

「だめだ。彼女が病院で、中大路先生とセックスをしていたと証言した。それを強行犯係の木原が聞いている」

池垣亜紀が言った。

「でも、それは法力を得るためだと、ちゃんと言ったよ」

富野は池垣亜紀に言う。

「そういう話は無視されて、セックスをしていたということだけが取り上げられる。法力云々《うんぬん》の話は、PTSDのせいにされかねない」

「大人ってそうよね。自分に都合がいいことしか聞こうとしない」

富野は池垣亜紀に言った。

「神田署の強行犯係は、西条が手を離れたら、今度は本格的に中大路先生の捜査を始めるだろう。刑事たちがまた君に話を聞きに来るはずだ。そのときに、中大路先生に不利にならないように話をしたほうがいい」

「嘘をつけってこと？」

「いや、そうじゃない。先生の不利になるようなことは話さなくていいということだ」

「セックスのこと、訊《き》かれるよね？　したのに、してないとは言えない」

「それはそうだ。だが、君は法廷で宣誓をしたわけじゃないんで、言いたくないことは言わなくてもいいんだ。あくまでも任意の聴取だから……」

「ふうん。そうなんだ」

そのとき、じっと黙って成り行きを見守っていた有沢が、富野に言った。

「ちょっとおかしくないですか？」

「何がだ」

「中大路先生が、女生徒を相手に、学校で淫《みだ》らなことをしたのは事実なんですよね」

「淫らなことかどうかは、見方によるな」

「言い直します。性交をしたのは事実なんですよね」

「まあ、そうだな……」

「だとしたら、処罰されるべきです。淫行条例に違反していますからね。つまり、神田署強行犯係が言っていることは正しいんです。それをなかったことにするなんて、警察官としてどうかと思います」

有沢は正しい。つい先ほどまで、富野は有沢と同じように考えていた。だが、自分自身の中で少しずつ何かが変わりはじめた気がする。おそらく池垣亜紀も鬼龍も正しいのだ。

世の中、正しいことは一つではない。何が正しいかは、人それぞれの立場が決めることだ。

「犯罪かどうかを決める判断材料の一つは、被害者がいるかどうかということだと思う。今回の場合、池垣さんは被害者とは言えない」

「そう」

池垣亜紀が言った。「私には法力が必要なの。そのために中大路先生が必要だということよ」

有沢がさらに言う。

「淫行条例の場合、本人が自分のことを被害者だと思っているかどうかは問題じゃありません。判断力が不足していることも考えられますから、とにかく十八歳未満の青少年を守ろうというのが目的です」

「だが、明らかに犯罪性はない。お互いに合意の上のことだ」

「淫行条例違反は合意の上であっても成立するんです」

「犯罪性はないのに、検挙しなくてはならないという点に抵抗を感じる。それに、神田署強行犯係は、淫行条例違反じゃなくて、強制性交等罪で中大路先生を逮捕しようとしているんだ」

「そういう証言がある以上、逮捕はやむを得ないでしょう」

「その証拠はないでしょう」

「西条が悪意を持ってその証言をした可能性もある」

「だから、その証拠を見つけようとしているんだ」

「中大路を助けるためですか？」

「それは同時に、池垣さんのためでもある」

「でも、自分らは中大路のことは担当じゃないですよ」

富野はそう言われて思わずうなった。

「たしかに、俺たちは少年事件課だから、あくまで西条の担当ということになる」

「その西条も、神田署が送検したら、警察の手を離れることになります。逮捕してから四十八時間以内に送検しなければなりませんから……」

「そんなことは百も承知だ」

そして、検事はすべての少年事件を家裁に送る。

「つまり、今回の件に関して、自分らができることは何もないということです。西条は傷害事件で家裁の審理を受け、中大路は強制性交等罪か淫行条例違反で逮捕され、送検されるでしょう」

「起訴されたら、九十九パーセント以上が有罪となる」

「ですからそれは、自分らの仕事じゃないんです。検察と裁判官の仕事ですよ」

有沢が言っていることは正論だと、富野は再び思った。だが、納得できたわけではない。

「今の俺は、それが本当に正しいことだとは思っていない。もちろん、おまえの言うことは正論だ。だが、それよりも正しいことがありそうな気がしている」

鬼龍が言った。

「トミ氏の方としては、もっともなご意見だと思います」

「俺の血筋がどうこうという問題じゃない。忘れてはならないのは、中大路先生は傷害の被害者だということだ。そして、池垣さんは自分が被害者だとはまったく思っていない」

そのとき、リビングルームの出入り口に四十代と思《おぼ》しき女性が姿を見せた。彼女は言った。

「あらまあ、お客さん？」

池垣亜紀が言った。

「ああ、警察の人」

そして付け加えるように言った。「そして、お祓《はら》い師」

「警察にお祓い師……」

亜紀の母親は怪訝《けげん》そうな顔をした。富野が言った。

「中大路先生の件で、お話をうかがっていたのです」

「先生はどんな具合です？」

「手術を受けて回復を待っているところだと思います」

母親はどこまで知っているのだろう。へたなことは言えないと、富野が思ったとき、彼女が言った。

「亜紀が中大路先生と何をやっていたかおわかりなんですね？　だから、お祓い師の方がいらっしゃるのね？」

富野は母親に尋ねた。

「事情はすべてご存じということですね？」

「当たり前よ」

亜紀が言った。「私との適合者を見つけるために、母は何人かと交わっています。中大路先生はその中の一人ですから」

一瞬、何を言われたかわからなかった。

なかなかショッキングな話だ。有沢は小さくかぶりを振っている。

孝景が言った。

「元妙道の人たちにとっては、大切なことなんだよ」

それがなかなか理解できない。

亜紀が母親に言った。

「中大路先生が逮捕されるかもしれないんだって」

「なにそれ。どういうこと?」

「私がレイプされたって、西条が言ってるらしいよ」

「西条って、先生を刺した……?」

孝景が言った。

「西条は、真立川流かもしれない」

母親は、はっとした顔で孝景を見た。

「まさか……」

孝景がさらに言う。

「だとしたら、西条は、あなたがたの計画を邪魔しようとしているのかもしれない」

母親は不安げに尋ねた。

「あの……。私たちの計画をご存じなのですか?」

「知らない」

孝景はあっさりと言った。「だが、元妙道が動きはじめたということだけは知っていた」

富野が母親に尋ねた。

「元妙道の計画というのは何なのですか？」

彼女は目を見開いた。

「それをしゃべったら、命がありません」

「命がない」

「はい。比喩《ひゆ》じゃありません。本当に殺されてしまうんです」

「警察としては聞き捨てなりませんね」

「それくらいに大切な秘密だということです」

命がない、か……。

富野は考えた。

性交で法力を得る。それは、かなり原始的な宗教観だ。もちろん、前近代的な考え方だ。だが、近代的な考え方などというのは、ごく近年のものでしかない。

明治維新を迎えるまで、人々は古い宗教観や死生観の中にいた。

あるいは元妙道や真立川流の人々は、いまだにそういう世界で生きているのかもしれない。そして、鬼龍や孝景も……。

富野は、さらに混乱してきたし、急に疲労感を覚えた。彼は言った。

「今日は、これでおいとまします。また話を聞きにくるかもしれません」

すると、池垣亜紀が言った。

「私のほうから、訪ねて行ってもいい？」

「ああ。もちろんだ」

彼女の真意を測りかねたが、そう言うしかないと、富野は思った。

7

池垣亜紀の自宅をあとにすると、孝景が言った。

「腹が減ったな」

時計を見ると、午後八時を過ぎている。空腹を感じて当然の時間だが、富野はまったく食欲がなかった。

富野は孝景に言った。

「俺たちは、神田署に戻ることにする」

すると、有沢が目を丸くした。

「え、帰らないんですか?」

「いつ何があるかわからない。西条が送検されるまで眼を離せない」

有沢は気落ちした顔になった。池垣亜紀に事情を聞いたら、そのまま帰れると踏んでいたのだろう。

富野も帰りたいのはやまやまだ。だが、中大路の意識がいつ戻るかわからないし、西条が何を言いだすかも予想できない。

鬼龍が言った。

「署に戻るのは、夕食を済ませてからでもいいんじゃないですか？」

「食欲がないんだ」

「それでも食べておいたほうがいいですよ」

余計なお世話だと言いそうになった。だが、考えてみれば鬼龍の言うとおりだ。こういうときほど、食べておかなければならない。

エネルギー不足は頭の働きを鈍らせるし、それが原因で気分がふさぐこともある。それに、血糖値が下がると怒りっぽくなるので、余計ないさかいのもとになる。

鬼龍が言った。

「じゃあ、このあたりで食事をしようか……」

環七《かんなな》通りまで出ると、ラーメン屋を見つけて入った。

食欲はなかったが、ラーメンを一口すると、意外にもすんなりと入っていき、富野はたちまち平らげた。

食事が済んで店を出ると、孝景が「じゃあな」と言った。

「待て」

鬼龍が呼び止める。「どこに行く気だ」

「どこって……。帰るよ」

「富野さんが署に戻ると言ってるんだから、俺たちも行くべきだろう」

「何でだよ。そんな義務はねえよ」

富野も孝景とこのまま別れたくはなかった。いろいろと訊《き》きたいことがある。だが、同行を強制できないのも事実だ。

鬼龍が言った。

「おまえは、あの物陰にいるやつを気にして、自分に引き付けようとしているんだろうが、それならなおさら、いっしょにいたほうがいい」

「ふん。気づいていたか」

富野は周囲を見回そうとした。鬼龍と孝景が気にしている人影を確認しようとしたのだ。動く前に孝景に釘《くぎ》を刺された。

「動くな。まったく……。素人かよ。気づかない振りをするんだよ」

富野は孝景に尋ねた。

「どうする？」

「バス停に向かう振りをして、どこか人気《ひとけ》のないところに誘いだそう」

「この先に神社があったな」

「ああ。駒繋神社《こまつなぎじんじゃ》だ」

「そこの境内はどうだ？」

「悪くない」

孝景が歩き出した。鬼龍がそれに続く。富野と有沢はそれを追った。

龍雲寺通りに戻り、バス停方向に歩く。後ろを振り向きたい衝動に駆られたが、一度でもそれをやると、こちらがすでに気づいていることを尾行者に教えることになる。

孝景はバス停を通り過ぎ、龍雲寺通りを渡った。そして右折して緑道に入った。緑道の脇は学校のグラウンドだ。

さらに進むと、こんもりとした森が見えてきた。駒繋神社の杜《もり》だ。孝景は迷わず進んでいく。

富野は鬼龍に言った。

「尾行者はついてきているのかな」

「来ているはずです」

「目的は何だ？」

「さあ。捕まえてみればわかります」

「それはそうだな」

孝景が境内に入った。鳥居をくぐると、参道が右に折れている。その先に階段があり、その上に拝殿と本殿がある。

拝殿の前にやってきた孝景は、いきなり駆けだし、手水舎《ちょうずや》の脇の築山《つきやま》の陰に身を潜めた。

鬼龍も同様の行動を取る。富野も気づいたら木の陰に隠れていた。有沢が慌てた様子で富野にならった。

今来た道を監視していると、人影が階段を上ってくるのが見えた。暗くて人相などはわからないが、男であることは明らかだ。

その男は参道を進み、拝殿のはるか手前で立ち止まった。

孝景が音もなく歩み出て、男の前方に立つ。ほぼ同時に鬼龍が、男の退路を断つように後方に立った。

富野は動かずに様子を見ていることにした。

孝景は問答無用で相手に殴りかかっていった。

相手の男はそれを難なくかわす。鬼龍は動かない。

さらに孝景が相手につかみかかる。咄嗟《とっさ》に相手は体をひねって孝景を投げようとする。

孝景は逆らおうとはしなかった。自ら跳んで、相手の投げを封じた。孝景が男の足を払い、体勢を崩しておいて突きを決めようとした。

相手も逆らわなかった。崩されるままに地面に転がり、一回転して立ち上がった。

そこに孝景が打ちかかる。顔面に向かって左の拳《こぶし》、さらにあばらに向かって右の拳を突き出す。

相手は孝景の右の突きをかわしながら、同じく右の拳を出した。カウンターで孝景の胴体に決まる。

孝景はよろよろと後退する。

それでも鬼龍は動かない。

まさか、二人の戦いを楽しんでいるんじゃないだろうな……。富野がそう思ったとき、男が言った。

「やはり、真立川流か……」

孝景は警戒した姿勢のまま言った。

「何だって？　俺が真立川流だって？　冗談じゃない。そっちこそ真立川流なんじゃないのか？」

「ばかな……」

「じゃあ、どうして俺たちのことをつけたんだ」

「警察を装って、様子を見に来たのだろう」

「警察を装って……？　俺たちは自分で警察官だなんて言ったことはない」

「刑事だと聞いた」

「いっしょにいた二人のことだろう。刑事じゃなくて私服警察官だけどね」

「そいつらも偽者じゃないのか？」

「そう思うなら、本人たちに訊いたらどうだ？」

孝景のその言葉に促され、富野は木陰から歩み出た。有沢がついてくる。

男は、はっと富野のほうを見た。

そのときに明かりに照らされて人相が見て取れた。四十代だろうか。精悍《せいかん》な顔つきをしている。

男が言った。

「刑事と名乗ったのはおまえか?」

富野はこたえた。

「今そこにいる男が言ったとおり、正確に言うと刑事じゃなくて私服警察官だ」

「偽者だろう。本当はおまえらは真立川流なのだろう」

孝景がうんざりしたような仕草で言う。

「俺はな、法力を得るのにセックスをする必要なんてねえんだよ。おまえこそ、真立川流なんだろう。だから、俺たちをつけて来たんじゃないのか」

「東密といっしょにするな」

これは、池垣亜紀が言っていたことと同じだ。彼女は、「私たちは台密よ。東密なんかといっしょにしないで」と言った。

台密とは天台密教。それに対して、東密は真言密教のことだ。つまり、元妙道は天台宗系列で、真立川流は真言宗の系列ということになるのだろうか……。

鬼龍が言った。

「……ということは、あなたは池垣亜紀さんのお身内ですか?」

「父親だ」

孝景が尋ねた。

「本当だろうな？」

「嘘をつく理由などない」

鬼龍が言った。

「私たちは真立川流ではありません」

「では何者だ？」

「私は鬼道衆、そちらの者は奥州勢です」

「あ……」

池垣亜紀の父親だと言った男は、戦いの姿勢を解いて立ち尽くした。「え……、鬼道衆に奥州勢……」

鬼龍がこたえる。

「そう。そして、そちらにいる警察官の方は、実はトミ氏です」

「トミ氏……」

池垣亜紀の父だという男は慌てた様子で言った。「本当ですか？」

孝景が言った。

「嘘ついてどうすんだよ。だから言ってるだろう。俺は法力にセックスなんて必要ねえって……」

男は頭を下げた。

「いや、これは失礼しました。私はてっきり……。仲間の中大路が刺された直後ですので、誰も信じられないような気持ちになっておりまして……」

富野は彼に尋ねた。

「今、仲間の中大路と言いましたね？」

「ええ……」

「じゃあ、あなたも娘さんと中大路さんの間で何があったかご存じなのですね？」

「ええ。大切な儀式を行っている最中に、刺されたんですね」

「私たちを、真立川流だと思って尾行してきたということですね？」

「疑うのは当然でしょう」

当然なのだろうか。

富野にはよくわからなかった。

「詳しくお話をうかがいたいのですが……」

「私はかまいません」

「では、お宅に戻ることにしましょう」

孝景が言った。

「何だよ、またかよ」

鬼龍が孝景に言った。

「どうせ帰らないいんだ。どこにいても同じだろう」

池垣の自宅を再び訪れると、亜紀が目を丸くして出迎えた。

「あら、また来たの？」

富野はこたえた。

「そこでお父さんに会ってな」

「会ったって言うより、お父さんはみんなをつけていったんでしょう？」

「知っているのか」

「私は必要ないって言ったのよ。刑事さんは信用できそうだって……。でも、お父さんは信じなくて……」

刑事ではないのだが、それはこだわらないことにしている。私服の警察官はたいてい刑事と呼ばれる。

「まあ、結局は信じてくれたようだ」

四人はまた、リビングルームに案内された。今度は茶が出された。亜紀と母親の姿はない。父親だけが富野たちの相手をするようだ。

富野はまず、名前を尋ねた。

父親の名前は隆之《たかゆき》、母親は志伸《しのぶ》だということだ。年齢は二人とも四十七歳だ。

「私たちを真立川流だと思い、尾行したということですね？」

「そうです。家の前まで来ると、あなたたち四人が出て行くのが見えました。家に入り、家内に誰だと尋ねると、警察とお祓《はら》い師だと言うので、これは怪しいと思いまして」

「怪しいと思った……?」

「誰だって、警察官とお祓い師の組み合わせは怪しいと思うでしょう」

有沢がうなずいて言った。

「そうですよね。それは理解できます」

富野は有沢を見据えてから言った。

「我々は、中大路さんを刺した西条という少年が、真立川流なのではないかという話を、奥さんと娘さんにしました」

「中大路を刺した少年が……?」

「あなたたちは元妙道だとうかがいました」

「はい、そうです」

「元妙道は真立川流と対立しているのですね?」

「そうですね。どちらも性交を重視する教義なので、同じようなものだと思われがちですが、私たちは台密で、真立川流は東密ですから……」

孝景が言った。

「対立する理由はそれだけじゃねえだろう」

池垣隆之は孝景を見て、何を言えばいいのか考えている様子だった。そのまましばらく時間が経った。

やがて、池垣隆之は言った。

「台密と東密は、何かと対立するものです。かつては政治的な面でも対立しました」

「政治的な面で対立……？」

「ええ。天海上人《てんかいしょうにん》はご存じでしょう。彼は天台宗でした。天海上人は、徳川家康《とくがわいえやす》の側近として知られていますし、二代将軍秀忠《ひでただ》、三代家光《いえみつ》にも仕えました。ですから、江戸幕府は台密寄りだと言えます。一方で、勤王勢力の多くは東密派でした」

「驚きましたね。そんな対立があったなんて……」

孝景が富野に言った。

「俺たちの間では常識だけどね。明治維新は台密と東密の戦いだった、なんて言うやつまでいる」

富野は孝景に言った。

「だから、あんたらの常識が世間一般の常識とは限らない」

孝景は肩をすくめた。

富野は池垣隆之へ質問を再開した。

「西条について、どう思いますか？」

「真立川流かもしれない、という話ですか？」

「そうです」

「あり得る話だと思いますね。そうだとすれば、話の辻褄《つじつま》は合います」

「真立川流が中大路さんを排除しようとしたのだと……？」

「はい」

「それは、お嬢さんが法力を発揮することを阻止するためですね？」

池垣隆之は驚いた顔で富野を見つめた。それから、怪訝《けげん》そうに尋ねた。

「本当に警察の方ですか？」

「そうです。警視庁に電話して確認していただいてもけっこうです」

「いえ、その必要はありません。しかし、意外ですね。警察がそういう話を信じるなんて……」

富野は、鬼龍と孝景の二人を見てから言った。

「彼らと関わるようになって、いろいろ経験しましたから……」

「鬼道衆や奥州勢と……。そうか、あなたはトミ氏だということですね」

富野はその質問にはこたえないことにした。

「私はあくまで、西条が中大路さんを刺した動機を知ろうと思っているだけです」

「おっしゃるとおり、もし西条が真立川流だとしたら、亜紀の法力が発揮されることを阻止しようとしたと考えられますね」

「お嬢さんが法力を発揮されるのは、日常的なことなのですか？」

「日常的……？」

「その……。頻繁に儀式を行うのかどうかということです」

「もちろん、特別なときにしか、法力を発揮しようとはしません」

「では、今がその特別なときなわけですね」

「そう言えるでしょう」

「何がどう特別なのですか？」

「それは……」

孝景が言う。

「俺たちも知りたい。どうして、ずっと鳴りを潜めていた元妙道や真立川流がにわかに活動を開始したんだ？」

「それをお話しするわけにはいかないのです」

富野は言った。

「それを話すと殺されると、奥さんがおっしゃっていました」

池垣隆之は、はっと富野の顔を見た。それから眼を伏せて言った。

「家内の言うとおりです。ですから、お話しすることはできないのです」

「誰に殺されるというのですか？」

「どんな刺客が来るかはわかりません。しかし、秘密をしゃべった者は確実に消されます」

あまり現実味がないと、富野は思った。

誰が殺すのか知らないが、秘密をしゃべったことが、どうしてその人物の耳に入るというのだろう。

そして、もし秘密を洩《も》らしたというだけで、本当に人を殺すのだとしたら、その人物を検挙する必要があるだろう。

富野は言った。

「我々警察が身の安全を保障します。ですから教えてください。あなたたちの目的は何なのですか？」

池垣隆之は言った。

「いくら警察でも、四六時中私たちを守ることは不可能です」

そのとき、鬼龍が言った。

「鬼道衆と奥州勢が守ります。それでも、話していただけませんか？」

どうやら、鬼龍や孝景が元妙道の目的を知らないというのは本当の話らしい。

鬼龍の言葉が、少しばかり池垣隆之の心を動かしたようだった。彼は考え込んだ。

警察よりも鬼道衆や奥州勢のほうが頼りになると感じているのだ。富野は複雑な思いだった。

やがて、池垣隆之が顔を上げて言った。

「やはり、今はまだお話しすることはできません。しばらく考えさせていただきます」

気が変わるのを待ってはいられない。しかし、無理強いするわけにいかないのも事実だ。なんとか説得する方法はないものか。富野はそう考えながら、さらに質問した。

「中大路さんは、適合者なのだと聞きました。他には適合者はいないのですか？」

「いないわけではありませんが、見つけるのは大変ですね。何年もかかるに違いありません。運が悪ければ見つかりません」

「では、ほかの人を代わりにする、というわけにはいきませんね」

「そうですね。中大路の代わりはいません」

「適合者というのは貴重な存在なんですね」

「ええ。多くの場合、夫婦となります。それくらい貴重な出会いなんです」

「夫婦になる……?」

「ええ。私たち夫婦もそうです。私は妻の適合者でした」

それを聞いた富野は、かすかなひらめきを感じていた。

もしかしたら、中大路を救うヒントになるかもしれない。

8

富野があれこれ考えていたので、無言の間が生じた。それを埋めるように、鬼龍が言った。

「元妙道と真立川流は、政治的に対立することもあるとおっしゃいましたね。今回もそのようなことなのでしょうか？」

池垣隆之は、困ったように言った。

「どうおこたえすればいいのか……。他ならぬ鬼道衆の方からのご質問なので、おこたえしたいのはやまやまなのですが……」

彼は本当に困惑している様子だった。

彼らにとって鬼道衆というのは、それくらいに権威のある存在なのだろう。そして、同じくらいに、彼らの計画の秘密も重要なのだ。

鬼龍がさらに言う。

「計画の内容を教えていただければ、お力にもなれると思うのですが……」

池垣隆之は、鬼龍の顔を見つめた。そして、それが失礼に当たることに気づいたように、慌てて眼を伏せた。

こういうところにも、元妙道と鬼道衆の力関係を見て取れると、富野は思っていた。

池垣隆之が言った。

「とても心強いお言葉ですが、私の一存ではなんとも……」

そのとき、孝景が鬼龍に言った。

「おい、力になるってどういうことだ。俺たちは、どちらにも加担できねえぞ」

「計画の内容を聞けば、気が変わるかもしれない」

「気が変わるとか、そういうことじゃねえんだよ。俺たちはあくまで中立でなければならねえんだ」

「でも、亜紀さんと中大路さんを助けようとしたんじゃないのか？」

「別に助けようとしたわけじゃない」

「じゃあ、どうして病院にいたんだ？」

「何が起きたのか知ろうとしただけだ」

「真立川流が先に、中大路さんを排除しようと仕掛けた。俺はそのやり方が気に入らない」

「ふん。元妙道のほうだって同じようなことをやるかもしれねえよ。たまたま、真立川流が先に仕掛けただけじゃねえか。それにな、西条が真立川流だって決まったわけじゃねえんだ」

孝景の言葉が乱暴になってきた。苛立《いらだ》っているのだろうと、富野は思った。そして、その苛立ちの理由は、迷っているからなのだろう。

鬼龍が何か言いかけたとき、富野の携帯電話が振動した。

神田署の橘川からだった。富野は「ちょっと失礼」と池垣隆之に断り、電話に出た。

「はい、富野」

「中大路の意識が戻ったということだ。今しがた病院から連絡があった」

「わかりました。知らせてくれたということは、我々も病院に行っていいということですね？」

「少年事件の被害者だからな」

「同時に、強制性交等罪の被疑者でもある……」

「まあ、それについてはおいおい追及することにするよ」

「とにかく、知らせてくれて感謝します」

「ああ、じゃあな」

電話が切れた。

富野は、みんなに告げた。

「中大路さんの意識が戻った」

鬼龍と孝景が顔を見合わせた。

富野はさらに池垣隆之に言った。

「我々は病院に向かいます」

池垣隆之が言った。

「私はどうすればいいでしょう」

「そうですね……」

富野は考えた。普通なら、何もする必要はない。被害者の親族でも何でもない。しかし、この場合、彼に同行してもらったほうがいいかもしれないと、富野は思った。

そのとき、ドアが開いて亜紀が姿を見せた。

「中大路に会いに行く。いいでしょう？」

有沢が言った。

「家族でもないのに、このタイミングで会いに行くことはないでしょう」

「中大路は私の適合者なのよ」

有沢がうろたえながら言う。

「いや……。そういうの一般社会では理解できませんから……」

「誰が理解しようがしまいが、かまわない。私は会いに行くからね」

富野は言った。

「行こう」

有沢が驚いた顔で富野を見た。

「え、マジですか？」

「亜紀さんもお父さんも、いっしょに来てくれたほうがいい」

「どうしてです？」

「俺に考えがあるんだ」

池垣隆之がうなずいた。

「わかりました。ごいっしょします」


病院に到着すると、夜間受付に向かった。その近くにいた地域課の係員が、到着した一行を見て近づいてきた。

六人という人数を、そして、鬼龍と孝景の風体を不審に思ったのだろう。

富野はその係員に手帳を見せて言った。

「本部の富野だ。中大路さんの病室は？」

「あ……。まだＩＣＵにおられます」

「ご苦労」

富野は廊下の表示に従って、ＩＣＵに向かった。

廊下の先に橘川と木原の姿が見えてきた。

二人は目を丸くした。

橘川が言った。

「そちら、被害者だな？」

富野はこたえた。

「何を言ってるんです。被害者は、中大路さんでしょう」

「いや、強制性交等罪の被害者という意味だ」

「その話は後でしましょう。こちらは、亜紀さんのお父さんで、池垣隆之さんです」

橘川と木原は顔を見合わせた。富野に眼を戻した橘川が怪訝《けげん》そうに言った。

「保護者同伴で会いに来たってわけか」

「中大路さんの容態が気になるんだそうです」

橘川は鬼龍と孝景を見て尋ねた。

「そっちの二人はたしか、お祓《はら》い師か何かだったな？」

「そうです」

「どうしてその二人がいっしょなんだ？」

「池垣さんの一家は、熱心に宗教的な活動をされていて、この二人はその理解者であり、相談相手なのです」

「カウンセラーみたいなものか？」

「もっと関わりが深いでしょう」

「それにしても、この時間にこんな大人数で乗り込んでこなくても……」

「成り行き上、こうなりまして……。それで、中大路先生の容態は？」

「ああ。一時間ほど前に意識が戻って、医者が言うには、もう心配はないということだ」

「話は聞いたんですか?」

「ほんの五分ほど」

「それで……?」

「何が起きたのか、よく覚えていないと言っている。時間がなくて、それ以上突っ込めなかった」

「我々は会えますかね?」

「ちょっと待て。訊《き》いてくる」

その言葉を受けて、木原がナースステーションに向かった。

彼はすぐに戻って来て富野に告げた。

「当直の医者が来るから待ってくれということだ」

「どれくらい待たされるんです?」

「さあ……」

それから三分ほどして、ケーシー白衣を着た若い男と看護師が近づいてきた。彼は、廊下の集団を怪訝そうに見た。八人もの集団なのだ。驚いて当然かもしれないと、富野は思った。

「ご家族の方ですか?」

白衣の男が尋ねたので、富野は聞き返した。

「そちらは？」

彼は不愉快そうにこたえた。

「当直医です」

大病院の医者は誰もが不機嫌そうに見える。そしてたいていは横柄だ。みんな疲れているからだろうか。医者は名乗りもしなかった。

富野が質問にこたえた。

「こちらのお嬢さんは、中大路先生の教え子です。そして、こちらはその保護者」

医者は二人を見たが、会釈もしなかった。

「面会ならこんな時間でなくてもいいでしょう。明日また来られたらどうです？」

富野は言った。

「ようやく意識が戻ったというので、急いで駆けつけたのです」

医者は苛立たしげに言った。

「様子を見てきます。お待ちください」

彼は看護師とともに、ICUの中に入っていった。ガラス張りなので、中の様子が見て取れる。医者は、ベッドに横たわる患者に声をかけている。

やがて、彼は廊下に出て来て言った。

「今、患者は目を覚ましていますから、短時間なら面会できます。体力を回復するためにも眠っていてほしかったのですがね」

富野は無言でうなずいた。

医者は念を押すように言った。

「五分だけですよ。私はここにいますから」

富野はＩＣＵに入った。

男が、上半身を少し起こしたベッドに横たわっている。富野は語りかけた。

「中大路先生ですね？」

相手はかすれた声で言った。

「そうです」

そうこたえるだけでもたいへんな様子だ。

「警視庁の富野といいます。あなたに会いたいという人が来てます」

富野は場所をあけて、亜紀を呼んだ。彼女が枕元に近づくと、その隣に隆之が並んだ。

中大路の表情はぼんやりしていたが、亜紀を見ると、何度か瞬《まばた》きをした。

亜紀が言った。

「早く元気になって、ちゃんと役割を果たしてくれなくちゃ」

中大路は小さな声で「ああ」と言った。

隆之は無言でうなずきかけた。

娘と性交をする相手を見て、彼はどういう気持ちなのだろうと、富野は思った。

元妙道の彼は、そういう世俗的な気持ちは超越しているのかもしれない。彼自身が、亜紀の母の適合者だったと言っていた。

中大路とは適合者同士の特別な絆《きずな》があるのではないか。

富野は言った。

「実験準備室でのことは、元妙道の儀式だということはわかっています」

中大路はわずかに頭を起こして、富野のほうを見ようとした。だが、すぐに顔をしかめ力を抜いてしまった。

彼は富野の言葉に驚き、真意をはかろうとしたのだ。

戸口近くに橘川と木原がいたが、富野は中大路に伝えておかなければならないと思った。でなければ彼は、自分に強制性交等罪の嫌疑が掛けられていると知り、絶望してしまうかもしれない。

富野はさらに言った。

「だから、何があっても俺を信じてほしい」

「そう」

亜紀が言った。「私たちもいる。やらなくちゃならないことがあるんだから頑張ってよ」

そこに医者が現れた。

「そろそろ、いいですか？」

富野は亜紀と隆之にうなずきかけ、廊下に出た。

全員がＩＣＵを出て、医者と看護師が去って行くと、橘川が富野に言った。

「あれは、どういうことだ？」

「あれ……？」

富野は、何のことか知りながら聞き返した。橘川は、厳しい表情で言った。

「実験準備室でのことは、何かの儀式だ、とか……」

「宗教的な儀式だったんですよ」

「宗教的な儀式……？」

「そうです。彼女にも訊いてみるといいです」

そう言われた橘川は、亜紀のほうを見た。亜紀はまっすぐに見返していた。

橘川は尋ねた。

「中大路に暴力で犯されたのですよね？」

すると亜紀は、きっぱりとかぶりを振った。

「違う。必要があってやったことよ」

橘川が木原を見た。

木原が言い聞かせるように、亜紀に言った。

「君は暴力で犯され、なおかつ目の前で先生が刃物で刺されるのを見て、気が動転してしまったのだろう。病院の先生もＰＴＳＤの影響があると言っていた」

「ＰＴＳＤの影響なんかない」

「そういうのは、本人にはわからないものだ」

「私は事実を語っているのに、どうしてそれをちゃんと聞いてくれないの？　私が言ったことで、聞き入れてくれたのは、セックスをしたということだけじゃない。あとのことは、そっちの都合に合わないんで、聞こうとしないんでしょう」

木原は驚いた顔になって言った。

「その連中に、いったい何を吹き込まれたんだ？」

亜紀がこたえた。

「何も吹き込まれてなんかいない。富野さんたちは、ただ、私の話をちゃんと聞いてくれただけよ」

木原は橘川の顔を見た。

橘川が富野に言った。

「俺たちが手柄を立てるのが気に入らないのか？」

富野は聞き返した。

「どういうことです？」

「中大路だよ。やつを強制性交等罪で挙げるのが面白くないんだろう？　俺は仁義を通して、少年事件については何でも協力してやってるんだ。その恩を仇《あだ》で返すってわけか？」

「そんなつもりはありません。ただ、事実を知ろうとしているだけです」

　橘川が声を荒らげた。

「俺たちだって同じだよ。事実を知り、犯罪者を検挙する。それの何が気に入らないんだ」

「彼女が言ったとおりですよ」

　富野は亜紀を見て言った。「都合のいい事実だけを拾っていては、本当のことは見えてきません」

　橘川は怒りの表情になった。

「てめえ、俺たちのやることにケチつけようってのか？」

「ケチをつけられたくなければ、もっと彼女の言葉に耳を傾けてください」

「だから、木原が言ってるだろう。彼女はひどい目にあって気が動転している。ＰＴＳＤなんだよ」

「私の娘は、決して気が動転してなどいません」

　そのとき、池垣隆之が言った。橘川は怒りの表情のままそちらを見た。そして、それが間違いだったと気づいたように、眼を伏せた。

　隆之はさらに言った。

「そして、言っていることはまともです」

　橘川は眼を上げて、隆之に言った。

「富野が言ったことを聞きましたよね？」

「宗教の儀式という話ですか？　ええ、聞きました」

「それは、娘さんの話をもとにしているんですね？」

「そうです」

「それでもまともだとおっしゃるんですか？」

隆之はうなずいた。

「はい。事実をありのままに申し上げておりますから」

「何なんだ、その事実ってのは。宗教的な儀式だと言いましたね。いったい、何の宗教なんです？」

隆之がこたえた。

「元妙道といいます」

成り行きを眺めていた孝景が言った。

「おい、いいのか？　そんなこと言っちまって……」

その問いにこたえたのは、富野だった。

「別に秘密にすることじゃない。それに、警察が調べようと思ったら、わかっちまうことだ」

孝景が肩をすくめた。

隆之が富野の言葉を受けて言った。

「別に私たちは悪いことをしているわけではありません。恥ずかしいとも思っていませんので、どうか、元妙道について調べてください」

木原が隆之に言った。

「娘さんがひどい目にあわされたんですよ。その犯人を罰したいとは思わないんですか？」

「だから、娘の言葉に耳を傾けていただきたいと申し上げているのです。娘は中大路先生からひどい目にあったとは、一言も言っていないのですよ」

橘川は、急に鼻白んだ顔になった。

「ゲンミョウドウだと……。何のことか知らないが、いちおう洗ってみようじゃないか。だが、いいか。中大路の疑いが晴れたわけじゃないぞ。強制性交等罪は親告罪じゃないから、あんたの娘さんが訴えなくても罪を問えるんだ」

そう言うと、橘川は踵《きびす》を返して歩き去った。木原がそのあとを追っていった。

「最低」

亜紀が言った。「被害者の言うことも聞かないで、犯罪者を作ろうとしている」

富野が亜紀に言う。

「仕事熱心なんだよ。そのうち目が覚める」

「そうかな……」

「それについて、二人に相談があるんですが」

富野が亜紀と隆之に言った。「もう少し、付き合ってもらえますか」

9

富野は病院を出ると、正面玄関脇にある小さな公園に向かった。この時刻だと、そこは無人だ。

「何の話だよ」

孝景が不満そうな声を出す。

有沢も遅くまで付き合わされて不満そうな顔をしている。

富野は孝景に言った。

「別に、あんたは来なくていいんだよ」

「ここまで付き合わせておいて、その言い草はないだろう」

「中大路先生が逮捕されるのを、防げるかもしれない」

「あのわからず屋を消しちまえばいいじゃないか。橋川とか言ったか、あの野郎」

「そのとたんに、俺があんたを逮捕するけどな」

孝景が、ふんと鼻を鳴らす。

亜紀が富野に言った。

「中大路が逮捕されるのを防げるかもしれないって、どうやって？」

「ちょっと、座ろう」

富野はベンチを指さした。

亜紀と隆之は、言われたとおり腰を下ろした。富野も亜紀の隣に座った。鬼龍、孝景、有沢の三人は近くに立ったままだ。

富野は言った。

「橘川係長は本気だ。とことん中大路先生を追い詰めるだろう。彼が学校で、生徒と淫《みだ》らな行為をしていたのは事実だ」

「別に淫らじゃないよ」

亜紀が言う。富野はうなずいた。

「俺たちは淫らじゃないことを知っている。だが、世間一般では淫らな行為ということになるんだ」

「世間一般って何よ。本人たちが淫らじゃないと思っているのに、それを勝手に淫らだって決めつけるわけ？」

「仕方がない。法律でそう決まっているんだ」

「法律がすべて正しいわけじゃない」

「それもよく知っている。でも、それに従わないとペナルティーがあるんだ」

「そんなの絶対におかしい」

孝景が言った。

「だいたい、なんで学校なんかでセックスしたんだ？　ホテルでも行きゃあ、誰にも知られなかったんじゃないか」

「あの学校でなきゃだめだったんだよ」

「なんで……？」

「なるほど……」

鬼龍が言ったので、富野は尋ねた。

「何が、なるほどなんだ？」

「あの学校、神田明神《かんだみょうじん》からの霊力を受けていますね」

「そう」

亜紀がこたえる。「実は、あの学校はパワーが集中する場所なの。パワースポットなのね」

「ふうん……。ちょっと話が見えてきたぞ」

孝景が言った。富野は孝景に尋ねた。

「話が見えてきた？　どういうふうに？」

孝景がばかにするような調子で言った。

「なんでわからないんだ？　神田明神だぞ」

「神田明神がどうかしたのか？」

鬼龍がたしなめるように孝景に言った。

「俺たちの常識が一般の常識とは限らないと、富野さんが言っていただろう。そのとおりだと思うよ。富野さんにわからないのは当然だと思う」

「ふん、トミ氏だろうが……」

二人のやり取りに、少しばかり苛立《いらだ》ち、富野は言った。

「だから、神田明神がどうしたというんだ」

孝景がこたえる。

「平将門《たいらのまさかど》だよ」

「将門……？」

まったくぴんとこない。孝景が言う。

「まさか、平将門を知らないんじゃないだろうな」

「平安時代に関東を治めて、新皇と名乗ったということくらいは知っている。天下の大逆賊と言われているな」

「朝廷側から見れば逆賊だな。将門は関東の独立を宣言したが、二カ月ほどで藤原秀郷《ふじわらのひでさと》や平貞盛《たいらのさだもり》らに討たれちまう」

孝景に続いて、鬼龍が説明を始めた。

「将門の首は京都の七条河原《しちじょうかわら》にさらされましたが、何カ月経っても腐らず、目を見開いて歯ぎしりをしているようだったと言われています。夜な夜な、斬られた俺の五体はどこにある、と叫んだという伝説もあります。また、自分の体を求めて、首が東に飛んで行ったとも言われています」

富野は苦笑した。

「ただの伝説だろう」

孝景が言った。

「それだけ怨《うら》みが強かったということだ。そして、将門は怨霊《おんりょう》となった。将門の呪いは半端じゃねえぞ」

補足するように、鬼龍が言う。

「将門の怨霊伝説もまた、たくさんあります。首塚が千代田区大手町《ちよだくおおてまち》にありますが、それにまつわる伝説が今に至るまで語り継がれているのです」

「首塚の伝説？」

「関東大震災の直後、首塚を整地して大蔵省の仮庁舎を造ったのですが、そこで謎の病気が流行《はや》り、大蔵大臣をはじめとする官僚など十四人が死亡したのです。その十七年後、火事が起きてこの仮庁舎は全焼しました。第二次大戦後、ＧＨＱが首塚の周辺を駐車場にしようと作業をしていたところ、突如ブルドーザーが転倒して運転していた作業員が死亡しました。平将門の呪いの話を聞いたＧＨＱは、ただちに工事を中止したのです。また、現在でも、周囲に建つビルから、首塚が見下ろせないように、そちらの方向には窓がないそうです。また、ビル内の机の配置も、首塚に失礼がないように特別な配置になっているのだそうです」

富野は言った。

「ただの都市伝説だろう」

孝景がかぶりを振って言った。

「ただの都市伝説だって？　そういうものに命をかけている人たちが、あんたの隣にいるんだ。そういう言い方って失礼だと思わないのか？」

富野は、亜紀と隆之を見た。

「じゃあ、今回のことは平将門と関係があるということですか？」

隆之がこたえた。

「詳しくはお話しできませんが、まあ、そういうことです」

「それより……」

亜紀が言った。「中大路のことをどうすんの？」

富野は、元妙道の行動の目的を知りたかった。平将門と関係があるらしいが、どういう関係があるのだろう。好奇心が刺激されたが、今はまず、中大路のことを考えるべきだと思った。

「法力を発揮しようとする女性と適合者は、結婚することもあるのですね」

隆之がうなずいて言った。

「ええ。妻と私もそうでした」

「それは、決して珍しいことではないのですね？」

「よくあることです」

「では、亜紀さんと中大路先生が婚約をしているということにしてはどうでしょう」

隆之は啞然《あぜん》とした顔になった。同様に、亜紀もぽかんとしている。

隆之が言った。

「あの……、それはいったい……」

富野は言った。

「本当に婚約しなくてもいいんです。警察や検察にそういう申し立てをするんです。神田署の強行犯係は、強制性交等罪の立件を本気で考えています。また、もしそれをなんとか免れたとしても、淫行《いんこう》条例違反で、中大路先生は社会的に葬られることになるでしょう。しかし、亜紀さんと中大路先生が婚約しているということになれば、その両方の罪から逃れることができる可能性が高まると思います」

隆之はうろたえている。まあ、父親としては無理もないと、富野は思った。

だが、それが唯一の逃げ道だ。あとは、亜紀や隆之がどう考えるかだ。

隆之が何も言えずにいると、亜紀が言った。

「私はいいよ。それで、中大路が助かるなら……」

富野はうなずいた。

「よし、病室に戻って、中大路先生にもそのことを伝えよう」

こういうときにすぐに手を打たないと、相手に先を越される恐れがある。今頃橘川たちは、中大路を逮捕・起訴する準備をしているかもしれない。

「それ、捜査妨害になるし、嘘の証言をするということでしょう?」

有沢が言った。「後でばれたら、よけい面倒なことになります」

富野は言った。

「だからといって、放ってはおけない」

「法律に違反したのなら、処罰されなければならないんじゃないですか」

有沢が言うことも、もっともだ。それは富野もよくわかっている。だが、中大路の件は法律では判断できないと思っていた。亜紀は被害者ではないと、本人が言っているのだ。

その亜紀が言った。

「嘘じゃなければいいんでしょう?」

有沢が驚いた顔になる。

「え……?」

「本当に婚約しちゃえばいいんだし……」

隆之がさらにうろたえた。

「いや、それは……」

富野は言った。

「それについては後で話し合えばいい。いずれにしろ、嘘をつくことになる。実験準備室でのことが起きた時点で、すでに婚約していたということにしなければならないので……」

孝景が言う。

「いいんじゃないの。そういうの、嘘って言うより方便だろう」

「わかりました」

隆之が言った。「それで中大路を救えるというのなら、そういうことにしましょう。妻にも話しておきます」

富野は、鬼龍と孝景に言った。

「じゃあ、俺たちはそのことを中大路先生に伝えてくる。あんたらは引きあげてくれていいぞ」

孝景が言う。

「言われなくても引きあげるよ」

鬼龍が隆之に言った。

「元妙道の目的について、いずれ詳しくお話しいただけますか?」

隆之がこたえた。

「今は何とも……」

孝景が言う。

「将門がらみだってことはわかったんだ。もう言っちまったら……」

「いえ、それは……」

富野は言った。

「その話も後だ。有沢も帰っていいぞ」

「いえ、いっしょに行きます」

富野たちは、鬼龍、孝景と別れ、病院に戻った。

夜間受付のところにいた警察官が、ＩＣＵの前に移動していた。その警察官が言った。

「どうしました」

富野は亜紀を指さして言った。

「彼女がどうしても、今夜伝えたいことがあるというんで、戻って来た」

制服を着た警察官は怪訝《けげん》そうな顔をした。

「事情をよく知らないんですが、彼女、被害者なんじゃないんですか？」

「婚約者だったんだよ」

「は……？」

「俺も後で知ったんだけど、彼女は中大路の婚約者なんだ」

警察官は釈然としない表情のまま、富野、亜紀、隆之、そして有沢の四人をＩＣＵの中に通した。

中大路は目を閉じていたが、亜紀がベッドの脇に立つと、気配を感じたのか、目を開けた。

彼はかすれた声で言った。

「どうしたんだ？」

亜紀がこたえる。

「私と先生は、婚約していたんだって」

中大路は眉間《みけん》にしわを寄せたまましばらく無言だった。頭がはっきりしていないのだろうか。亜紀が言ったことを理解していない様子だ。

隆之が言った。

「そういうことにしておけば、逮捕されずに済むかもしれないということだ」

中大路は同じ表情のまま、聞き返した。

「逮捕……？」

彼は自分が逮捕されるとは思ってもいないのだろう。

富野は説明した。

「あなたを刺した西条の証言をもとに、強行犯係が、あなたを強制性交等罪で逮捕しようとしているんです。もし、それを回避できたとしても、淫行条例違反は避けられない。それを免れるためには、あなたが亜紀さんと婚約しているということにするしかないんです」

ようやく中大路の眼差《まなざ》しがはっきりとしてきた。

「つまり、私が池垣と無理やり関係を持ったと、警察は考えているのですか？」

「状況から見て、そういうことも考えられますから……」

亜紀が言う。

「あいつら、私の言うことをまともに聞こうとしないんだよ」

富野は言った。

「まあ、警察は常識に沿って判断しますし、亜紀さんが言うことは多少一般の常識からずれていますから……」

中大路が言った。

「たしか、あなたも警察の方でしたよね」

「私の場合、ちょっと立場が違うので……」

隆之が中大路に言った。

「こちらは、トミ氏の方だそうだ」

中大路が驚いたように富野を見た。

「ほう……。トミ氏ですか……」

彼らの間では、トミ氏というのはそれなりの立場のようだ。だが、富野自身がそれについてよく知らないのだから、彼らの反応に接するたびに落ち着かない気分になる。

「いいですか？」

富野は言った。「あなたと亜紀さんは婚約者同士だった。実験準備室ではちょっと羽目を外してしまった。そういうことにします。それ以外に、あなたが助かる方法はありません」

中大路は、亜紀と隆之を見てから、富野に視線を戻した。そして言った。

「わかりました」

そのとき、戸口で女性の声がした。

「あなたたち、何をしているんですか？」

見ると看護師が立っていた。巡回だろう。

富野は言った。

「婚約者の方が、どうしてももう一目会いたいとおっしゃるので……。すぐに引きあげます」

「こういうことをされると、二度と面会ができないようにしますよ」

「すいません」

富野は出入り口に向かった。廊下に出ると、先ほどの制服を着た警察官が、申し訳なさそうな顔をしていた。看護師を通してしまったことを悔いているのだろう。

富野は彼にうなずきかけて、あとの三人とともにその場を去った。

病院を出ると、隆之が言った。

「では、私たちはこれで失礼します」

富野は言った。

「またお話をうかがうためにお訪ねするかもしれません」

隆之が戸惑ったように言った。

「まだ、娘に何か……」

「そうじゃなくて……」

富野はどう言おうか考えていた。「元妙道の目的が気になるのです」

「警察がそれを気になさる必要はないと思います。むしろ、ご存じないほうがいいかと……」

富野は、迷った末に、試しに言ってみた。

「警察官として関心を持っているのではありません。トミ氏としてお話をうかがいたいのです」

隆之の反応は、富野が思った以上だった。

彼は緊張した面持ちで言った。

「わかりました。ご意向にそえるかどうかはわかりませんが、上の者に相談してみることにします」

二人は、御茶《おちゃ》ノ水《みず》駅のほうに去って行った。

富野は有沢に言った。

「おまえも帰っていいぞ」

「はい、そうします」

　そう言いながら、有沢は何か言いたそうにしている。

「何だ？　何か言いたいことがあるのか？」

「ちょっとヤバくないすか？」

「ヤバい？　何がだ」

「自分はトミ氏でも何でもないんで、よくわからないんですが、警察官なら神田署の橘川さんを応援すべきでしょう」

「誰を応援するとかいう問題じゃないだろう。何が本質かを考えるんだよ」

「自分にとって本質は、法律に違反しているかどうかです。だって、警察官なんですから……」

「強制性交等罪については被害者がいない。それなのに、法律で裁こうっていうのは、正しいことなのか？」

「それでも、淫行条例にはひっかかります」

「法ってのは、弱者を守るためにあるんだと、俺は思っている。たしかに、青少年を守るためには淫行条例は必要かもしれない。しかし、その中におさまらないような事例もあるんじゃないか。それを十把一絡《から》げに法で縛るのはどうかと思う」

「法は法です。警察官が勝手な解釈をしてはいけないと思います」

「そうかもしれない。法治国家なんだからな。だけど、法律がすべてじゃないことも事実だ。法律ができる前から、連綿と受け継がれているような事柄が、間違いなくある」

「それって、近代国家に必要なことなんですか？」

「必要かどうかはわからない。しかし、そういうものが存在することは確かで、それをすべて排除しようとすることのほうが無茶な気がする」

有沢は反論しなかった。しきりに何事か考えている様子だった。

富野は言った。

「帰って、酒でも飲んで寝ろ。朝になれば、気分も変わるかもしれない」

「明日はどうしますか？」

「神田署に行って、西条の件を処理しなけりゃな」

有沢は、ぺこりと頭を下げて歩き去った。

10

翌朝、神田署に向かう富野の気分は重かった。

橘川はまだへそを曲げているだろう。だが、中大路が逮捕されるのを黙って見ているわけにはいかない。

刑事は、犯罪を決して見逃さない。橘川にとって中大路はまたとない獲物のはずだ。高校教師が、学校で女生徒をレイプしたとなれば、マスコミも飛びつくだろう。

そういう事案は刑事にとってもおいしい。刑事も注目されたいのだ。

腹を立てている同僚を説得するのは気が滅入《めい》るし大きなエネルギーを必要とする。このまま引き返して知らんぷりをしていたい。だが、そうはいかない。

また、有沢に言われるまでもなく、嘘をつかなければならないことも心苦しかった。

孝景は、「方便だ」と言った。そう思うしかないと、富野は思っていた。

どんなに気分が重かろうが、歩いていれば目的地に着く。富野は神田署の玄関にやってきていた。そこで立ち止まり、一つ溜《た》め息をつくと、立ち番の署員に挨拶《あいさつ》をして、歩を進めた。

強行犯係にやってくると、橋川と有沢が話をしていた。

有沢のやつ、まさか、こちらの手の内を橋川にばらしているんじゃないだろうな。

そんな危惧《きぐ》を抱きながら、富野は橋川と有沢に近づいた。

冷たい視線を向けられると思っていた。

「昨日のことについて、話をしたい」

富野の言葉に橋川が言った。

「たまげたよ」

「え……？」

「いや、元妙道のことを調べたんだよ。なんでも、玄旨帰命壇という宗派から派生したんだそうだな。男女の交わりが教義の中心なんだって？」

富野は、橋川の態度に戸惑いながら言った。

「ええ、そういうことなんですが……」

「池垣亜紀と中大路は、その宗教の信者だってことだな」

「はい」

「それでも、淫行《いんこう》条例は無視できないと思っていたら、二人は婚約してるんだって？」

富野はちらりと有沢を見てからこたえた。

「どうやら、そうらしいです」

「だから、池垣亜紀は、自分が被害者じゃないって言ってたわけだ」

「はい」

「うーん……。起訴できたとしても、優秀な弁護士がついたら無罪にされちまうな……。いや、それ以前に起訴できないかもしれん」

「俺もそう思います」

「事情を知らずに、突っ走っていたら、検察官からお小言を頂戴《ちょうだい》するはめになったかもしれない」

富野は、その言葉にはあえてこたえなかった。

橘川が言った。

「とんだ恥をかくところだったってわけだ」

「昨夜《ゆうべ》説明しようとしたんですが……」

「池垣亜紀とその父親が中大路に会いに病院にやってきたのは、彼女が婚約者だからなんだな？」

「そういうことです」

橘川は決まり悪そうな顔になった。

「昨夜病院で、つまらんことを言っちまったな。捜査を邪魔されたような気になっちまったんだ。気を悪くしないでくれ」

富野はほっとするというより、なんだか肩すかしを食らったような気分だった。そして少しばかり申し訳ない気持ちになっていた。

「俺は、本来の事案を考えたいですね。つまり、今回の事案は西条が中大路先生を刺したことなんです。中大路先生はあくまで被害者なんです」

橘川はうなずいた。

「あんたの言うとおりだと、今なら思えるよ。なんだか憑《つ》き物が落ちたような気分だ」

憑き物祓《ばら》いなら、鬼龍たちの領分だがな……。

富野はそんなことを思いながら言った。

「西条の送検は？」

「傷害は疑いのないところなので、すぐにでもできるが……」

「いろいろと疑問が出てきたように思えるんです」

「疑問……？　どんな？」

「まず第一に、彼がどうしてレイプだなんて言ったのか、ということです」

橘川は顔をしかめた。

「中大路と池垣亜紀のやっていることを見て、そう思っちまったんだろう。思い込みだよ。俺はまんまとその思い込みを信じちまうところだったがな……」

「もしかしたら彼は、レイプなんかじゃないことを知っていながら、そう言ったのかもしれません」

橘川が眉《まゆ》をひそめる。

「どうしてそう思うんだ？」

「中大路を刺したことが、計画的に思える節があるからです」

「なぜ？」

「凶器のナイフです」

「実験準備室にあったのを、咄嗟《とっさ》に手に取ったと供述していたな」

「池垣亜紀は、部屋にナイフはなかったと言っています」

「婚約者といちゃつくのに夢中で気づかなかったんじゃないのか？」

「どうして彼女の供述を、素直に信じようとしないんです？」

富野の言葉に、橘川は少しばかり反省した表情になった。

「いや、すまん。なぜだか自分でもわからないんだが、若い娘を何というか、軽く見る傾向があるようだ……」

中年男性には珍しくない現象だと、富野は思った。それが時にはセクハラにつながるのだ。

「池垣亜紀の供述は無視できません」

橘川が刑事らしい表情に戻って言った。

「つまり、西条か池垣のどちらかが嘘をついているということだな」

「そう。西条が嘘をついている可能性もあるということです。そして、これは孝景が指摘したことですが……」

「タカカゲって誰だ？」

「あ、お祓い師の一人です」

「白いのと黒いののどちらだ？」

「白い方です。黒い方は鬼龍と言います」

「……で、そのタカカゲが何を言ったんだ？」

「突然レイプの現場に出くわしたら、いきなり加害者を刺したりはしないだろうって……」

橘川は考え込んだ。

富野は続けて言った。

「そういう場合、驚き、どうしていいかわからず立ち尽くすのではないでしょうか？　そして、まずその行為をやめさせようとするでしょう」

「現場を見た瞬間、頭に血が上って、前後を忘れたと、西条は供述している」

「俺にもほぼ同じことを言いました。でも、孝景に言われてよく考えてみると、それはちょっと不自然な気がしてきたんです。もし、本当に好きな女の子がレイプされているのだと思ったのだとしたら、まず中大路を詰問するのが先でしょう。ナイフで刺すにしても、その後だと思います」

「好きな女の子……？」

「西条はそう言いました。池垣亜紀のことが好きなのだと……」

「だとしたら、逆上するのも理解できる気がするが……」

「逆上するのはわかります。でも、現場を見たとたん、いきなり刺すというのは納得できません」

「それで、計画性を疑うわけか」

「そういうことです。もし彼が、もともと中大路を刺すことを計画していたとしたら、ナイフを所持していたと考えられます。部屋に入っていきなり中大路を刺したことの説明もつきます」

「動機は？」

「わかりません。ですから、もう一度西条から話を聞く必要があると思います」

橘川はうなずいた。

「送検の期限まではまだ時間がある。話を聞こう。俺も同席していいな？」

「もちろんです」

「じゃあ、取調室に西条の身柄を運ばせよう」

「お願いします」

橘川が離れて行くと、富野は小声で有沢に言った。

「おまえが、婚約の件を話してくれるとは思わなかった」

有沢が肩をすくめた。

「橘川係長が、自分を見て、こう言ったんです。どの面下げて神田署に来やがったって……」

「俺の代わりに怒りをぶつけられたってわけだ」

「だから、婚約のことを話すしかなかったんです」

「おまえに嘘をつかせることになった。済まんな」

「一晩考えて納得しましたから」

「そうか」

「おっしゃるとおり、朝になると気分が変わるもんですね」

「そんなもんだよ」

しばらくして、橘川が戻って来て富野に言った。

「取調室に行こう」

西条は、昨日とまったく同じく、おどおどとした様子だった。明らかにまだ緊張している。

彼は取調室の奥に座っている。スチール製の机を挟んで、その向かい側に富野と橘川が並んで座っていた。有沢が記録席にいる。

橘川が富野に向かって小さくうなずきかけた。富野は西条に言った。

「いくつか確認したいことがあるので、また話を聞かせてもらう」

西条はうなずき、ごくりと喉《のど》を動かしてからこたえた。

「わかりました」

「まず確認したいのは、ナイフのことだ。中大路先生を刺したナイフだ。君は、そのナイフが実験準備室にあったと言ったが、間違いないか？」

「間違いないと思います」

「君が実験準備室に行くと、池垣亜紀さんが中大路先生に押さえつけられていた。そうだね？」

「はい。床に押さえつけられていました」

「それを見た君は、部屋にあったナイフを手にして、中大路先生を刺した。そうだね？」

「はい。そうだと思います」

「よく思い出してくれ。そうだと思うじゃ困るんだ。警察は事実を知りたいんだ」

西条は叱られた子供のような顔になると、しきりと考えを巡らせている様子だった。

やがて、彼は言った。

「それで間違いありません。部屋に入ると、中大路先生が池垣さんに乗っかっていたんで、かあっと頭に血が上って、ナイフを手に取って刺したんです」

「普通は、そういう行動を取らないんだけどね……」

「え……？」

「君は、池垣亜紀さんと中大路先生がそういう行為をしているのを予想していたわけではないんだろう」

西条はきょとんとした顔になる。

「もちろん、予想していませんでした」

「人間は、予期しないショッキングな場面に出くわすと、思考が停止してしばらく行動できなくなるものなんだ」

もちろん、そうでない場合もある。だが、一般的にはそういう例のほうが多いだろう。富野は、西条にプレッシャーを与えるために、わざと断定的な言い方をした。

西条は言った。

「いや……。頭の中が真っ白になって、そのときのことはよく覚えていないんです。もしかしたら、しばらく茫然《ぼうぜん》としていたかもしれません」

富野は、できるだけ意味ありげに見えるように何度かうなずいてから言った。

「ナイフなんだけどね」

「はい？」

「池垣亜紀さんは、実験準備室にはなかったと言ってるんだ」

「そんなばかな。ありましたよ。だから僕はそれを手に取ったんです」

「それについては、どちらかが嘘をついていることになる」

「僕は嘘は言っていません」

「もちろん、中大路先生にも訊《き》いてみようと思うけどね……。ああ、言い忘れていたが、中大路先生は手術も終わり、意識を回復された」

西条は、複雑な表情を見せた。どんな顔をすればいいのか自分でもわかっていないような様子だった。

「そうですか……。よかったです。先生が亡くならなくて」

「これで、殺人の罪は免れたわけだからな」

「殺すつもりなんてありませんでしたから……。思わずかっとなって近くにあったナイフで刺しただけですから……。助かって本当によかったと思います」

「どうも不可解だと思っているんだ」

富野が言うと、西条が表情を曇らせた。

「不可解……?」

「そう。池垣さんと中大路先生がやっていることを見たとたんに刺したというのも不可解なら、あんなごついナイフが学校の実験準備室にあったというのも不可解だ。しかも、池垣さんはナイフが部屋にあったことを否定している」

西条は何も言わない。

富野は続けて言った。

「もし君が、あらかじめ二人のやることを知っていて、ナイフを用意して二人がいる実験準備室に向かったというのなら、不可解ではなくなる。つまり、計画的だったということだな」

西条は驚いた表情になった。

「計画的だなんて、とんでもない」

「じゃあ、君は何をしに実験準備室に行ったんだ？」

「中大路先生に質問があって……。職員室に行ったら、先生は実験準備室にいると言われたんです」

「誰に言われたんだ？」

「ええと……。覚えていません。その場にいた先生だったと思いますが……」

「君の話はどこか曖昧《あいまい》だ」

「すいません。気が動転していたせいか、記憶がはっきりしていないんです」

「自分自身のためにも、思い出すことだな。でないと、疑いが残ったままになる」

「疑い……」

西条は不安そうな表情になる。

俺は、弱い者いじめをしているのではないだろうか。

ふと、富野は自問した。西条が儀式のことを知っていたというのは、あくまで仮定の話だ。本人が言うように、何も知らずに実験準備室を訪ね、そこで衝撃的なシーンを目撃した可能性もあるのだ。

富野はちらりと隣の橘川の横顔を見た。橘川は何も言わずに西条を見ている。

富野は改めて思った。ここで弱気になるわけにはいかない。責めればボロを出すかもしれないのだ。

富野は言った。

「そう。君の犯行は計画的だったという疑いだ……」

「そんなことはありません」

西条は必死に訴えかけるような表情になった。富野はさらに言う。

「君は、池垣亜紀さんと中大路先生のやっていたことの意味を知っているんじゃないのか？」

「それ、どういうことです？　レイプだったんでしょう？」

「あの二人は、玄旨ナンタラの信者なんだ。彼らにとって、あの行為は特別なことらしい。そのことを、君は知っていたんじゃないのか？」

「何を言ってるのかわかりません。何の話ですか」

「君もそういう宗派の信者なんじゃないのか？」

西条はすっかりうろたえている。助けを求めるように橘川を見る。橘川は何も言わない。

「何のことかわかりません」

西条が言った。「何の宗派ですか」

「言っただろう。性行為を儀式として行う宗派だ。君は知っているんじゃないのか」

西条は必死の表情で、かぶりを振った。

「僕がそんなことを知るわけがないでしょう」

「君は、池垣亜紀さんと中大路先生が、その儀式を行うことを知っていて、計画的にそれを阻止しようとしたんじゃないのか？」

「冗談じゃないです。僕が元妙道のことなんて知ってるはずはないでしょう」

富野は沈黙した。

橘川が自分のほうを見る気配を察して、富野はそちらを見た。眼が合うと、橘川は小さくうなずいた。

二人の無言の仕草に不安が募ったらしく、西条が言った。

「何です？　僕が何か言いましたか？」

「言った」

富野はこたえた。「君は今たしかに、元妙道と言った」

「それがどうしました」

「俺はその言葉を一度も言っていない」

「さっき言いましたよ」

「いや、俺は『玄旨ナンタラ』と言ったんだ」

西条は口をつぐんだ。

彼は失敗に気づいたようだ。そのとたんに、にわかに印象が変わった。それまで不安げでおどおどしていたのが、急にしたたかな顔つきになった。

どうやら今までのは演技だったようだと、富野は思った。

「さて」

富野は言った。「本当のことを聞かせてもらおうか」

11

「僕は、ずっと本当のことを言っていますよ」

そう言った西条は、先ほどとは別人のようだった。

富野は質問を続けた。

「中大路先生を刺したナイフは、どうしたんだ?」

「ですから、実験準備室にあったって言ってるじゃないですか」

「準備室のどこにあったんだ?」

「部屋の中央にあるテーブルの上ですよ」

富野は、現場の様子を思い出していた。

実験準備室は狭い部屋だ。両側にスチール製の棚があった。そこに、さまざまな機材や書類が並んでいた。

西条が言ったとおり、部屋には四角いテーブルが置いてあった。天板が厚い木製のテーブルだ。それを取り囲むように何脚か椅子が置かれていた。

椅子がいくつあったのかは思い出せなかった。

部屋には出入り口が二つあった。廊下から部屋に出入りするためのものと、実験室につながる戸口だった。

富野は尋ねた。

「どちらの出入り口から実験準備室に入ったんだ？」

「実験室のほうからです」

「確かだな？」

「はい。まず中大路先生を捜して実験室に行き、姿が見えないので準備室に行ったんです。だから間違いないです」

「そいつは妙だな……」

「何がですか」

「血痕《けっこん》の位置から、犯行時に中大路先生と池垣さんがどこにいたのかは明らかだ。血痕は、実験室側の出入り口のすぐ前にあった」

「そうですね。そこで中大路先生は池垣をレイプしていたんです」

「テーブルは、どちらかというと、廊下側の出入り口の近くにあった」

「だから、実験室側の出入り口のほうに床のスペースがありました。そこでヤっていたんです」

「そいつは、君の過去の供述と矛盾するんだが……」

「どこがですか」

「君は、目の前で中大路先生が池垣さんと淫《みだ》らなことをしているのを見て、かあっと頭に血が上って、中大路先生を刺したと言った」

「そうです」

「部屋に入り二人の姿を見て、すぐに刺したんだな？」

「ええ」

「テーブルは、君から見て二人の向こう側にあったはずだ」

西条は、何も言わなかった。富野が言ったことを頭の中で検証しているのだろう。

富野はさらに言った。

「もし、ナイフがテーブルの上にあったんだとしたら、君は二人が淫らなことをしている脇を通り過ぎていったんテーブルのところに行き、ナイフを手にして二人のところに戻って来なければならなかったはずだ」

西条はひるまなかった。

「そうだったかもしれない。言ってるでしょう。ショックを受けて、何があったかよく覚えていないって……」

富野は小さく溜め息をついて、隣の橘川を見た。眼が合うと、西条のほうに視線をもどして橘川が言った。

「警察を甘く見ちゃいけないよ。いずれ凶器の入手先もわかる。そうなれば、君の供述が覆されることになるかもしれない。つまり、ナイフは君が持ち込んだのだと……」

富野は、その言葉を受けて言った。

「それがどういうことかわかるか？　君はあらかじめナイフを用意して実験準備室に行ったということだ。つまり、計画的な犯行だったということになるんだ」

「それは言いがかりじゃないですか。僕は嘘はついていませんよ。気が動転してましたからね。もしかしたら、刑事さんの言うとおり、テーブルのところまで行って、戻って来たのかもしれません」

富野は言った。

「じゃあ、前の供述を取り消すってことだね？」

「嘘はついていないと言ってるでしょう。ただ、記憶が曖昧《あいまい》なだけです」

「君は、中大路先生を殺害する計画を立てていた。そして、池垣さんと中大路先生が実験準備室にいることを知って、かねての計画を実行しようと考えたんだ。そして、凶器のサバイバルナイフを持参して、現場にやってくる。二人が行為に夢中になっているのを確認して、中大路先生を刺した」

西条は笑みを浮かべた。余裕の笑みだ。

「どうして僕が、中大路先生を殺す計画なんて立てたと考えたんです？　そんなはずないじゃないですか。警察はこうやって冤罪《えんざい》を作っていくんですね」

橘川が居心地悪そうに身じろぎをするのが気配でわかった。彼は、中大路に強制性交等罪の疑いをかけたことを悔いているのだろう。

富野は言った。

「君は、中大路先生と池垣さんが、なぜ二人きりになったのか、その理由を知っていたんだろう」

「その理由……？」

「儀式だ。そして、君はその儀式を阻止しなければならなかったんじゃないのか？」

「驚きましたね。そんな話を、いったい誰が真に受けるんです？」

「真に受けようが受けまいが、知ったこっちゃないんだ。君は二人がやっていることが儀式であることを知っていた。そして、それを阻止しようとした。そうだろう」

「なんでそういうことになるんです？　根拠は何ですか」

「君が元妙道を知っていたことだ」

「そんな……。知っていたからって、それが根拠になるなんて……」

富野は、橘川が自分のほうを見ているのに気づいた。彼の顔を見ると、奇妙な表情をしている。好奇心に満ちた眼差《まなざ》しに見えるが、おそらく戸惑っているのだろうと、富野は思った。

玄旨帰命壇や元妙道のことを調べたと、橘川が言っていた。だが、通り一遍のことを調べたに過ぎないはずだ。

性交の儀式が尊いものだという教義のことは知っているだろう。だが、性交をした結果何が起きるのかまでは知らないはずだ。

だから彼は、好奇心に満ちた眼差しを富野に向けているのだ。

橘川に気を遣っていては、西条を追い詰めることはできない。さて、どうしたものか……。

富野はしばらく考え込んだ。その沈黙を、自分の勝利を意味しているとでも思ったのか、西条が勝ち誇ったような顔で言った。

「僕にはいろいろな知識があります。元妙道は、その中の一つでしかありません。元妙道とは何の関係もありませんよ。ただ知っているだけです。だから、僕が元妙道のことを知っているからといって、それは何の証明にもならないでしょう」

その言葉を聞き終えると、富野は言った。

「君は、真立川流なんじゃないのか?」

西条は不意を衝《つ》かれたように、一瞬、富野の顔を見つめた。それから、ぽかんとした顔になり言った。

「何ですか、それは……」

再び笑みを浮かべようとしたが、今度はあまりうまくいかなかった。笑いがぎこちなかったのだ。

「元妙道が玄旨帰命壇から派生したように、立川流から派生した一派だろう。元妙道と同じように、性交を重視する教義なんだろう?」

「何を言ってるのかさっぱりわかりませんね」

「わからないはずはないな。それがおそらく、犯行の動機なのだろうからな」

「僕は、池垣が中大路にレイプされていたので、衝撃を受けて咄嗟《とっさ》にその場にあったナイフを手に取って、中大路を刺してしまった……。ただそれだけです。それが真相です」

富野は、もう橘川を気にするのはやめることにした。後で説明を求められたら、精一杯理解してもらえるようにつとめるだけだ。

「改めて言うが、俺の名前は富野と言うんだ」

「覚えてますよ」

「警察官の俺はごまかせても、トミ氏である俺をごまかすことはできないぞ」

この言葉は、またしても富野が思った以上の効果をもたらした。

西条の顔から徐々に笑いが消えていく。彼は明らかにうろたえはじめたように見えた。

「トミ氏って、いったい何のことですか……」

だんだんと顔色を失っていく。

「しらばっくれてもだめだよ。トミ氏の俺には何でもお見通しなんだ。さあ、言っちまえよ」

西条はうめくように低い声で言った。

「だから、元妙道や真立川流のことを……」

富野はうなずいた。

もちろん、はったりだ。実際には何が何だかさっぱりわかっていない。だが、ここはすべてを心得ていると西条に思わせたほうがいい。

「本当のことをしゃべってもらうぞ。君は、中大路先生と池垣さんが元妙道だということを知っていた。そして、彼らが儀式を行うことも知っていたんだ。そうだな」

西条は返事をしなかった。

富野はさらに言った。

「君はその儀式を阻止しようとした。つまり、犯行は計画的だったということだ」

西条は、辛うじて自制している様子だった。彼は言った。

「それを証明することはできないでしょう」

「どうかな……。さっきこちらの係長が言ったように、サバイバルナイフの入手経路は、じきに判明するはずだ。もし、それが君と結びつけば、計画性を証明できる」

西条が余裕を取り戻しつつあった。彼がうろたえていたのは、ほんの短時間だけだった。

「それはずいぶんと心許《こころもと》ない証拠ですね。しかも、その証拠が入手できるかどうか、まだわからないじゃないですか」

「君は計画性について否定しなかった。中大路先生や池垣さんが元妙道だということを知っていたんだね」

「いくらトミ氏だと言っても、元妙道のこととか、検事や判事を納得させることはできないでしょう」

　こいつ、本当に高校生か。

　いや、インターネットのお陰で、最近の高校生はこれくらいのことは知っているのかもしれない。あるいは、真立川流の連中の入れ知恵か……。

　いずれにしても、痛いところを衝かれたのは確かだ。

　中大路と池垣亜紀が実験準備室でやっていたことが、「儀式」だと主張したところで、検事や判事はそれを認めようとするだろうか。ましてや、法力を得るために必要な行為だったなどと言ったところで、まったく無意味だろう。

　それを、西条の「計画性」の根拠にしたところで、認めてはもらえないに違いない。

　西条はそこまで読んでいるのだ。

　こいつ、思ったよりずっとしたたかじゃないか。身柄を確保された当初は、おどおどしていて気弱そうに見えたので、すっかり油断していた。

「どうかね」

　富野は言った。「検察では、必要なら十日ずつ勾留《こうりゅう》延長の請求ができるから、たっぷり調べる時間があるよ」

　西条は言った。

「何があろうと、僕は証言を変えませんよ。中大路先生が池垣をレイプしていると思って、かあっと頭に血が上り、部屋にあったサバイバルナイフを手に取って先生を刺した……。それが、僕が主張する事実です」

「それが、いつまで通用するかな……」

そう言って富野は席を立った。

富野が取調室を出ると、橘川係長と有沢が続いて出てきた。

橘川が富野に言った。

「あれは、どういうことなんだ？」

何のことかわかっていたが、富野はしらばくれた。

「あれって、何のことです？」

「元妙道のことは調べてみてわかったが、西条も何かその類《たぐい》の宗教に関係しているということか？」

理解してもらえるかどうかわからないが、妙に隠し立てするよりいいと判断して、富野は話すことにした。

「真立川流という宗派に属しているのではないかと思っています。真立川流は、やはり性交を重要な儀式と考える宗派ですが、元妙道とは対立する宗派らしいです」

橘川はしばらく考えてから言った。

「つまりこの事件は、宗教的な対立が原因ということなのか？」

「その解釈は微妙だと思います。宗教をどう捉《とら》えるかによって、ニュアンスが変わってきますからね」

「あんたは、そういうことに詳しいんだな？」

「あのお祓《はら》い師たちと付き合うようになって、いろいろと学びました」

「なんであんなのとつるんでるんだ？」

「過去にいろいろありましてね……。彼らにはずいぶんと助けてもらったんです」

「事案で？」

「ええ。少年事案は、デリケートなものが多くてですね……。精神的に不安定な年齢を扱いますので……」

「ああ……。子供たちは、心霊現象とか呪いとかが好きだからな」

「そういうことです。あの二人のお祓い師のおかげで、何人もの少年少女たちを、心理的に救うことができたんです」

「なるほどな……。おたくらはメンタルケアも考えなければならないってことだな」

「少年事案はやっかいなんです」

「お祓い師たちのことはわかった。だが、まだわからないことがある」

「何でしょう」

「あんたがトミ氏ってどういうことだ？」

「ええと……」

富野は、どう説明すべきか迷った。有沢の顔を見たが、彼は黙ったままだった。助け船は出してくれないということだ。

これも別に隠すことじゃない。信じるか信じないかは、橘川の勝手だし、別に妙なやつと思われてもかまわない。だから、話すことにした。

「鬼龍と孝景が言っていたことなんですが、どうやら俺の家系は、その筋ではちょっとしたものらしいです」

「その筋……?」

「お祓い師だの陰陽師《おんみょうじ》だのといった連中です。トミノナガスネ彦って、知ってますか?」

「ナガスネ彦……? ああ、知ってるさ。神話に出てくるやつだな。神武《じんむ》東征のときに抵抗したやつだ」

「それがわが家の祖だというのです」

「富野って、そういう名前なのか?」

「昔は、姓と名前の間に『の』が入るのが一般的でした。義経《よしつね》はミナモトノヨシツネ、清盛《きよもり》はタイラノキヨモリ……。トミノナガスネ彦もそうです。あれはトミ姓なんです。それが後に富野という名前になりました」

橘川は毒気を抜かれたような顔をしている。

「まあいい」

橘川が言った。きっと理解はしていないだろう。富野はそう思った。

橘川が続けて言う。

「そんなことより、問題は、西条をどうするかだ。殺意のない傷害という形で送検するか、それとも計画性のある殺人未遂として送検するか……」

　富野はこたえた。

「計画性はあると思います」

「だが、西条が言ったとおり、それを証明するものがない。元妙道だの真立川流だの言ったって、検事の怒りを買うだけだぞ」

「凶器の線で押すしかないですね」

「入手経路を洗っているが……。送検には間に合いそうにないな」

「検事捜査で頑張ってもらうしかないでしょう」

「もし、計画性が証明できたとして、その後はどうなる？」

「家裁送致以後は、判事の判断に任せるしかないですね。計画的な殺人未遂だとしたら、少年鑑別所で観護措置ということになるでしょう。少年審判の結果、少年院に送られるか、場合によっては逆送……」

「逆送はあり得るかね？」

「判事が計画性と殺意をどの程度認定するかによりますね」

　橘川は肩をすくめた。

「うちとしては、粛々と送検手続きを進めるしかない。あんた、検事と話してくれるか？」

　橘川にはずいぶんと世話になった。それくらいのことはしなければ罰が当たると思った。

「もちろんです。少年事件ですから、あとは引き受けます」

少なくとも検察官が取り調べをする間は、西条は拘束されることになる。その間に、今後の対処を考えればいいと、富野は思っていた。

検察官は、西条の計画性をどの程度考慮するだろうか。もし、それを認めず、西条の供述をもとに家庭裁判所に送ったとしたら、おそらく、西条は、保護観察で終わりだ。

西条の計画性が認められなければ、家裁調査官の調査が行われる間、観護措置は取られず釈放されて、在宅のまま手続きが進むことになるだろう。

観護措置というのは、少年鑑別所に収容することだ。観護措置がなく、在宅のまま調査が進むと、少年審判では多くの場合保護観察か不処分となる。

逆に、重大な犯罪の場合は、少年院送致か、最も重い場合は再び検察官に送致され、成人の刑事事件と同様の手続きが進められる。これを逆送と呼んでいる。

橘川が言った。

「じゃあ、俺たちは送検の手続きを進める」

「わかりました」

富野は言った。「また連絡します」

12

富野は、橘川、有沢とともに、強行犯係にやってきた。すると、池垣亜紀が空いている捜査員の椅子に腰かけているのが見えた。

驚いた富野は、彼女に尋ねた。

「こんなところで、何をしてるんだ？」

「私のほうから訪ねていいかと訊《き》いたら、もちろんだって言ったじゃない」

「昨日の今日だぞ」

「こういうことは急いだほうがいいんでしょう？」

「学校はどうした？　今日は水曜日だ。休みじゃないだろう」

「中大路の件で、臨時休校だよ。ま、休みじゃなくても学校に行く気はしないけどね」

それはそうかもしれない。

中大路と亜紀が、事件当時何をしていたのか、まだどこにも洩《も》れていないはずだが、彼女は当事者の一人であることは間違いないのだ。

「先生を呼び捨てにするな」

「いいじゃない。婚約者なんだから」

富野と亜紀は、ちらりと橘川のほうを見た。

橘川がその視線に気づいた様子で、亜紀に言った。

「事情を知らないので、誤解があったようだ。謝らなければならないな」

「人の話は、ちゃんと聞いてよね」

「いや、申し訳ない」

橘川は別人のようにしおらしくなって、頭を下げた。

なんだかその様子が滑稽《こっけい》だと感じながら、富野は言った。

「何か話があって来たのか？」

「もちろん、西条のことよ。あいつが真立川流かもしれないって話だったわよね」

「それは、孝景の説だけどな」

「孝景って、あの白い人よね」

「そうだ。黒いのが鬼龍」

「もし、西条が真立川流だとしたら、いろいろと辻褄《つじつま》が合うような気がしてきたんだ」

「それはどういうことだ？」

いつしか、橘川は自分の席に腰を下ろしていた。

富野と有沢の二人は立ったままだった。

「あいつ、転校生だって言ったでしょう？　転校してきたときから、何だか変だと思っていたんだ」

「変……？　どういうふうに……」

「今考えると、妙に中大路や私に近づこうとしていた気がする」

「ほう……」

「他に友達を作ろうなんてしなかったんだよ。なのに、私には話しかけてくるし、中大路には休み時間に質問に行ったり……」

「君たちを監視していたということだろうか……」

「そうかもしれない」

　じっと二人のやり取りを聞いていた橘川が尋ねた。

「何のために監視するんだ？」

　亜紀が橘川に言う。

「言っても、どうせ信じてくれないんでしょう？」

　橘川は顔をしかめた。

「だから、済まなかったと言ってるだろう。できるだけちゃんと話を聞くようにするよ」

　富野は橘川に言った。

「きっと、聞かなければよかったと後悔することになりますよ」

「どういうことだ？」

「言ったとおりの意味です」

「事件に関連することなんだろう？　警察官が誰かの供述を聞いて後悔することなんてあり得ないだろう」

富野は小さく首を傾げてから亜紀を見た。亜紀が言った。

「元妙道の計画を阻止するためよ」

橘川が眉《まゆ》をひそめる。

「元妙道の計画……」

「そう。西条がもし、真立川流の信者なら、充分に考えられることよ」

橘川が思案顔になり、尋ねる。

「それで、その元妙道の計画って、いったい何なんだ？」

「それは言えない」

「おい」

橘川がむっとした顔で言う。「それはないだろう。教えてくれなきゃ、信じるも何もない」

「だって、言えないんだよ」

それを、富野が補足した。

「それを外部の者に洩らしたら殺されるんだとか……」

「ばかな」

橘川が言った。「殺人罪を警察が許すはずがない」

亜紀が言う。

「警察になんか、止められないよ。どうせ誰かが死んでから捜査するだけでしょう?」

「そんなことはない。防犯にも力を入れてるんだ」

富野は言った。

「彼女たちは、本当にそうした危機感を抱いているんです。それは、実際に誰かが殺されるかどうかよりも、現実の脅威として彼女たちが受け止めていることが重要なのだと思います」

「待てよ、煙《けむ》に巻くつもりか」

「まさか……。そんなつもりは毛頭ありません。ただ、特定の宗教を深く信じている人たちは、我々一般人とはちょっと違った感覚を持ち、違う世界に生きているのだという気がします」

実はそれは、富野の実感だった。

「特定の宗教を深く信じている人たち」は、「超自然的な法力や呪術《じゅじゅつ》を駆使する術者たち」に言い換えてもいい。

「そりゃ、そうかもしれないが、何を計画して、どうしてそれを阻止しようとするのか……。それがわからなければ、事件の全容を解明することができないじゃないか」

亜紀が言った。

「事件の全容を解明なんてしなくていい。ただ、西条を絶対に釈放なんかしちゃだめよ」

今度は、富野と橘川が顔を見合わせた。

富野は言った。

「それは俺たちが決めることじゃないんだ。警察や検察が取り調べをしている間は、身柄を拘束することができる。でも、最終的に少年たちの処遇を決めるのは家庭裁判所の裁判官だからな」

「もし、西条が自由の身になったとしても、警察のせいじゃないと言いたいわけ？」

「言い訳をしたいわけじゃない。仕組みがそうなっているってことだ」

「西条が転校してきたのも、おそらくやつらの計画よ」

「西条は、元妙道の動きを阻止することを目的に転校してきたというのか」

「そう。おそらく、私が術者で中大路がその適合者だということを、やつらは察知していた。もし西条が真立川流だとしたら、それはおおいにあり得るわ。連中の情報網もばかにできないから……」

橘川が怪訝《けげん》そうな顔で尋ねた。

「適合者……？　何のことだ？」

富野はこたえた。

「ああ……。婚約者って意味です」

「ちょっと待てよ。元妙道と真立川流ってのが対立しているって話はなんとなくわかる。

だからといって、君と中大路先生を襲撃した理由がわからない。婚約者だから襲撃したってのか？　そいつは納得できないな」

富野はどう説明しようか迷った。

「宗教上の理由なんですが……」

橘川が富野と亜紀を交互に見て言った。

「いいか？　西条の犯行が計画的なものだと証明できなければ、西条は保護観察程度で済んでしまうかもしれないんだろう？　少年審判ってのは、俺たち刑事の感覚からすると、おそろしく緩いからな。だが、計画的な殺人未遂事件だということが証明できれば、逆送して普通の刑事事件として裁くことができるかもしれない」

「そうですね」

「そのためには、西条の目的を明らかにすることが必要だ」

橘川が亜紀に言う。「西条を釈放しちゃだめだと君は言ったが、そのためには事情を説明してもらう必要があるんだよ」

富野と亜紀は顔を見合った。どうせ、話をしても本気にしてはもらえないだろうと、富野は思った。精神状態を疑われるかもしれない。

ならば、何かもっともらしい作り話を考えたほうがいいか……。

そのとき、有沢が言った。

「話せばいいじゃないですか」

富野は有沢を見た。有沢はさらに続けて言った。

「信じる信じないは、その人の勝手です。事実かどうかは別として、実際にそういう出来事を信じている人たちがいるわけです。その人たちが何を信じて、何をしようとしているのか、それを知ってもらえばいいんじゃないですか」

橘川がそれを受けて言った。

「そうだ。まずは話を聞かせてもらわないとな……。彼が言うとおり、それを信じるかどうかは、俺が判断することだ」

富野は亜紀から眼をそらし、橘川を見た。

「わかりました。では、俺がこれまでに知り得たことをお話ししましょう。まずは、中大路先生と池垣さんのことですが、彼らはただの婚約者じゃありません。元妙道の人たちによって認められた二人なんです」

「それが適合者ということなのか?」

「そうです。池垣さんのお父さんは、お母さんの適合者だったということです」

橘川が確認するように亜紀の顔を見た。亜紀は無言でうなずいた。

橘川が富野に視線を戻して尋ねた。

「宗教団体が認めた仲ということは、どこかの宗教の集団結婚みたいなものなのか?」

「まったく違いますね。適合者という言葉ですが、ある目的のために適合している者という意味のようです」

「その目的というのは？」

「法力を得ることです」

「法力……」

橋川がさらに怪訝そうな顔になる。

亜紀が言った。

「聞いてないの？　私、病院に来た刑事さんにちゃんとそれを言ったよ」

「病院に行った刑事？　ああ、木原のことだな」

富野は確認した。

「聞いていないんですね？」

橋川が渋い顔になった。

「きっと木原が、そういう話は省略していいと判断したんだろう」

そういうことが現場では頻繁に起きる。それが積み重なると、いろいろな誤解や勘違いが生じ、ひいては冤罪《えんざい》ということにもなりかねない。

富野は言った。

「とにかく、中大路先生と池垣さんの目的は、神聖な儀式を通じて法力を得ることだったんです」

「その神聖な儀式というのが、あれだったということか」

橋川は言葉を濁したが、亜紀が言った。

「そう。セックス」

一瞬、気まずそうな顔をした橘川が、亜紀に尋ねた。

「どうして、学校でそれをやらなきゃならなかったんだ？　場所を選べばいいだろう。

そうすりゃ、西条に刺されることもなかったはずだ」

亜紀がこたえた。

「あそこじゃなきゃだめだったの」

「なぜだ？」

「簡単に言うと、あの学校がパワースポットだから」

「パワースポット？」

「そう。平将門の霊力の影響を強く受けているポイントなの。だから中大路はあそこに勤めていたんだし、私もあの学校に進学したわけ」

それについては、富野も初耳だった。

就職も進学も元妙道の活動の一環ということになる。その事実に、富野は驚いていた。

富野は言った。

「それを知っていたから、西条は転校してきたということだな？」

「そう」

亜紀がこたえる。「そして、あいつは私と中大路が儀式をやる時期を知っていたのよ」

「待ってくれ」

橘川が言った。「平将門だって？」

富野は言った。

「知ってるでしょう？　平安時代に、関東を独立させようとした豪族です」

橘川はかぶりを振った。

「トミノナガスネ彦に、平将門……。法力を得るための儀式……。頼むからそういう話はやめてくれないか」

そう思うのも無理はない……。

富野は思った。人間は理解できないものに出会うと、まず拒否反応を示すのだ。

「話を聞きたいと言ったのはあなたです。たとえ理解できないとしても聞くべきなんじゃないですか？」

「そうじゃないんだ」

「そうじゃない？」

「俺はさ、実はその手の話に目がないんだよ」

富野は驚いて橘川を見つめていた。

有沢も同じように橘川を見ている。亜紀もぽかんとした顔だった。

「え……？」

富野は言った。「目がないって、好きだってことですか？」

「そう。だから、元妙道のことも調べはじめて、つい夢中になったよ」

「じゃあ、儀式のことは……」

「取りあえずネットで調べたんだがな、そこまで詳しく書いているサイトはなかった。だから、法力云々《うんぬん》のことは知らなかった」

「じゃあ、将門の霊力などという話を聞いても拒否反応は起こさないということですね」

「……というか、将門の呪いについてはよく知っているつもりだよ。神田署にいるんだしな。神田明神は、将門ゆかりの神社だ」

「驚いたな……」

有沢がつぶやくように言った。「じゃあ、そういう話についていけないのは、自分だけということになりますね……」

富野は言った。

「俺だってあの二人と出会った頃はそうだったよ」

橘川が言った。

「徳川家康が江戸に幕府を開くときに、利用したものが二つある。一つは風水。もう一つは将門の霊力だ。そういう説があるのを知っているか？」

富野は、今までの気づかいはまったく無駄だったのだと、徒労感を覚えながら言った。

「いえ、実は俺もそういうことはあまり詳しくないんです」

「もちろん、知ってる」

そうこたえたのは、亜紀だ。「妙見菩薩《みょうけんぼさつ》よね」

橋川は嬉《うれ》しそうな顔になって言った。

「ほう、やっぱり本物は違うな」

「当然」

富野が二人を交互に見て尋ねた。

「妙見菩薩って何だ？」

亜紀がこたえた。

「将門が信仰していた仏様よ。そして、その妙見菩薩のシンボルが北斗七星なの」

「北斗七星……」

橋川が言った。

「そう。北斗七星が重要なんだ」

「どうして……」

「まあ、聞けよ。将門ゆかりの神社や史跡は、東京に七つある。まずは、神田明神だ。そして、数々の呪いで有名になった首塚。北新宿《きたしんじゅく》には、将門の鎧《よろい》を祀《まつ》ったという鎧神社《よろいじんじゃ》があり、西早稲田《にしわせだ》には、将門調伏のための神社といわれる水稲荷神社《みずいなりじんじゃ》がある。同じく新《しん》宿区《じゅくく》には、将門の足を祀ったという筑土八幡神社《つくどはちまんじんじゃ》。日本橋兜町《にほんばしかぶとちょう》には、兜神社《かぶとじんじゃ》。そして、台東区《たいとうく》には、鳥越神社《とりこえじんじゃ》がある。将門の首がここを飛び越えたので、『飛び越え』と言われていたものが後に、『鳥越』になったと言われている。大切なのは、ここからだ。この七つを線で結ぶと、地図の上に北斗七星の形が浮かび上がる」

富野と有沢は顔を見合わせていた。

すっかり形勢逆転といった体だった。オカルトマニアはどこにいるかわからない。

亜紀が橘川を見て言った。

「あら、ちょっと見直したわ」

「最初からちゃんと話してくれればよかったんだ」

「だから、病院に来た刑事さんには話したんだって……」

橘川が苦い顔になった。

「その点についちゃ、こっちの不手際だな」

富野は尋ねた。

「平将門が信仰する仏様のシンボルを江戸の町に造ることで、その霊力を利用したということですか？」

橘川がうなずいた。

「そういう伝説があるってことだ」

「徳川家康が、その神社なんかを造ったということですか？」

その問いにこたえたのは、亜紀だった。

「……というか、そのデザインをしたのは、天海よ」

「天海……？」

思わず聞き返した富野に、橘川が説明した。

「徳川家康の側近として仕えた坊さんだ。天台宗の僧侶《そうりょ》だな。江戸のグランドデザインをしたと言われている。つまり、風水を用いたのも天海だ。日光《にっこう》に東照宮《とうしょうぐう》を造ったのも天海。つまり、天海が江戸を守るために将門の霊力を利用したんだ」

「あ……」

富野は思わず声を上げた。「天台宗……」

亜紀が小さく肩をすくめた。富野は亜紀に尋ねた。

「自分たちは台密だから、東密なんかといっしょにするな。たしか、そう言ったな」

「言ったわ」

「元妙道は台密、つまり天台宗の系統ということだ。秘密にしている元妙道の計画というのは、天海と関係があるんじゃないのか？」

橘川も「なるほど」という顔で亜紀を見ている。

富野、橘川、そして有沢の三人は、亜紀を見つめ、彼女の言葉を待った。

13

「天海上人と関係があるというのは、正解」

亜紀が言った。「でも、話せるのはそのへんまでなんだ。それ以上は、ほんと、ヤバいから」

富野は言った。

「しゃべれば、殺されるというんだね？」

「そう。父や母からそう言われている」

「それは方便なんじゃないのか？ 本当に同じ宗徒同士で殺し合うとは思えない」

「大切なことを守るためだったら、たぶん殺すよ。そういう掟《おきて》だから。私たちにとって、掟というのは教義と同じくらい大切なんだから」

「例えば、だ」

富野はさらに尋ねた。「あんたが掟を破って秘密を洩《も》らしたとしたら、いったい誰が殺しに来るんだ？」

「わからない。まったく知らない人かもしれないし、適合者の中大路かもしれない。父や母かもしれない」

「お父さんやお母さんが……？」

「そう。そういうこともあり得る。その後、父や母も消されるでしょうね。掟を破ったら一家皆殺しだから」

　事も無げに言ってのけるのは、現実感がないからか。それとも、そういう常識のもとで育てられたからか……。

　橘川が言った。

「平将門や天海と関係があるということは、江戸の町に描かれた妙見菩薩《ぼさつ》のシンボルと関係があるということだな」

　亜紀が橘川を見て言った。

「ヤバいなあ……。刑事さん、かなりヤバいよ」

　富野は亜紀に訊《き》いた。

「ヤバいってのは、秘密に近づいているということだな？」

「これ以上は、本当に言えない。私が死んだら、刑事さんたちのせいだからね」

「そういうこと言われると、警察官としてずいぶんと心外なんだがな」

「でも本当のことだからね。私、かなり危険な立場になってるから……。適合者との儀式を誰かに邪魔されるなんて、それだけでもかなりキツいんだ」

「キツいってのは、懲罰を受ける可能性があるということか？」

「そうだね」

「それは、中大路先生も同じなのか？」

「そうなるね」

「しかし……」

　橘川が言う。「中大路先生は、怪我をしたんじゃないか。それを罰するというのは、酷な気がする」

「怪我してようが病気だろうが関係ない。掟は掟なんだよ」

　橘川がさらに言った。

「いったい、何のための掟だ？」

「それは……」

　そこまで言って、亜紀はいったん口をつぐんだ。「ヤバ……。うっかりしゃべらされるところだった……」

「ここでしゃべったって、外には洩れないよ。心配することはないんだ」

「そう思うでしょう。でも、不思議としゃべったことは上のほうに知られちゃうんだ。どこに宗徒がいるかわからないからね。もしかしたら、この警察署の偉い人の中にもいるかもしれない。神田署だからね」

　富野は思わず橘川の顔を見ていた。橘川も同様に富野に眼を向けた。

橘川が亜紀に視線を戻して言った。

「ずいぶんとたいそうな秘密なんだな」

「そりゃそうだよ。宗徒が命をかけて守る秘密だからね」

「天海に妙見菩薩か……。それだけで、なんだか見当がついた気がするな……」

「そこまでにしてって言ってるでしょう。ほんと、それ上に知られたら、私、殺されちゃうんだからね」

目の前で、誰かが殺されると言っているのに、警察官として何もできないというのは情けないと、富野は思った。

「警護とかできないんですかね」

そう言ったのは、有沢だった。それに対して富野は言った。

「ばか言うな。警察の警護対象者は、総理大臣とか国賓とかだぞ」

「そりゃわかってますが……」

「警護活動ってのはな、『その身辺に危害が及ぶことが国の公安に係ることとなるおそれがある者について、その身辺の安全を確保するための警察活動』って、きっちりと規定されているんだ」

橘川が思案顔になって言った。

「そんなに大きな秘密だとしたら、元妙道は警護対象になってもおかしくはないがな……。つまり、国の公安というか安寧に関わっているわけで……」

「あー、私のいるところでそれ以上言わないで」

亜紀の言葉に橘川が肩をすくめた。

「俺だって、わかって言ってるわけじゃないんだ。もしかしたら、そうなんじゃないか、程度の話なんだよ」

「じゃあ、私は消えるわよ」

「待てよ」

橘川が言う。「ここに来たのは、俺たちに協力するためなんじゃないのか？」

「……つーか、警察に協力するというより、富野さんはトミ氏だって言うし、鬼道衆や奥州勢の人もいるし……」

「それは、あのお祓《はら》い師たちのことか？」

「そう」

「警察よりも、神話に出てくるような血筋やお祓い師のほうを当てにするというのか？」

「当然よ」

橘川は目を丸くした。まさか、当然と言われるとは思っていなかったのだろう。

それは富野も同様だった。

橘川は、少々むっとした表情で言った。

「警察には秘密を教えなくても、あのお祓い師には教えるってことか？」

亜紀は、ふるふるとかぶりを振った。

「いくら相手が鬼道衆や奥州勢だって、元妙道の秘密は教えられない。トミ氏にもね」

「何も知らないいんじゃ、助けようがない」

「助けてほしいとは言ってない。ただ、西条を自由にしないでほしいだけ」

それにこたえたのは、富野だ。

「できるだけのことはする。だが、少年事案は家庭裁判所の判事次第だ。どうなるかは、わからない」

亜紀が言った。

「わかった。できるだけのことはしてくれるのね」

彼女は立ち上がった。「じゃあ、失礼します」

ぺこりと頭を下げて足早に歩き去った。

三人は、その後ろ姿を眺めていた。やがて、富野は言った。

「一般人の警護は警察の仕事じゃないが、防犯という見地から、池垣一家を気にしたほうがいいな」

有沢がうなずいた。

「自分もそう思います」

「彼らを守るのに、うってつけのやつらがいる」

富野は、橘川に「ちょっと失礼」と断ってから、鬼龍に電話をした。

「はあい……」

間延びした鬼龍の声が聞こえてくる。いつどんなときでも彼には緊張感というものがない。

「富野だ」

「どうしました?」

「池垣亜紀のことだ。秘密をばらすと元妙道のやつらに殺されるというし、真立川流の動きも気になる。池垣亜紀の一家を守りたい。孝景と二人で、協力してくれないか」

「俺はいいですけど、孝景が何と言うか……」

「何にでも文句を言うやつだからな……」

「奥州勢は、どこかの筋から依頼を受けたらしいんですが、あくまでも中立で、元妙道にも真立川流にも肩入れはできないと言ってますから……」

「何とか説得してくれ。あいつは何だかんだ言っても戦力になる」

「わかりました。どこかで合流しますか?」

「池垣亜紀の自宅の前でどうだ?」

「了解です」

電話を切ると、橘川が富野に言った。

「俺も行っていいか?」

富野は驚いて尋ねた。

「送検の手続きのほうは?」

「ちゃんと指示しておくからだいじょうぶだ」

「元妙道や真立川流に興味があるから、俺たちと行動を共にしたいということですね？」

「真実を知りたいんだ。あんたと同じだ。西条をちゃんと処分するためにも、本当のことを知らなけりゃならない。そうだろう？」

「こちらとしては、手が多いほうが助かります」

「じゃあ、決まりだな」


橘川が捜査車両を出すと言ってくれた。これもおおいに助かった。もしかしたら、警視庁本部よりも所轄のほうが車両の面では恵まれているかもしれない。

もちろん幹部には公用車があてがわれるが、下っ端が捜査車両やパトカーを使うなど、望むべくもない。

運転手役は、たいてい一番下の者がやるので、今回は有沢ということになる。有沢は池垣の家の所在地を知っているので、運転手にはうってつけだ。

助手席に富野、後部座席に橘川が座った。捜査車両、いわゆる覆面パトカーの助手席は、無線機、サイレンアンプ、ＰＡＴ（パトカー照会指令システム）の端末などが装着されており、狭くて座り心地は悪い。

それでも文句は言えないと、富野は思った。車があるだけありがたい。

午前十一時十五分頃、池垣亜紀の自宅がある世田谷区下馬三丁目にやってきた。龍雲寺通りから右の路地に入り、住宅街の中で路上駐車した。

富野は有沢に言った。

「どこか駐車場を見つけて車を入れて来てくれ。俺たちは周辺をパトロールしてみる」

橘川が言った。

「路駐でいいじゃないか」

「捜査中には、いかなる違反もしたくないんです」

「本部の人間は杓子《しゃくし》定規だね。俺は緊急性の問題だと思う。事件発生とかの緊急時に現場で駐車のことを気にするやつはいない」

「緊急性があると思いますか？」

「命を狙われているという相談があったんだろう。緊急性はあるさ。もし何かあって被疑者を追跡しなけりゃならないときに、いちいち駐車場に車を取りに行っていたら間に合わない。張り込みだって車があるとないとじゃ大違いだ」

有沢が言った。

「自分も橘川係長のおっしゃるとおりだと思います」

「おまえに訊いてないよ」

富野は言った。「そうですね。じゃあ、車を張り込みの基地ということにしましょう。有沢は、車で待機していてくれ。何かあったらすぐに連絡するんだ」

「了解しました」

富野と橘川は車を降りて、池垣亜紀の自宅周辺を歩き回った。不審な動きはない。昼前の住宅街はのんびりしている。

洗濯物が干してあり、窓からテレビの音がかすかに洩れてきたりしている。人々の日常生活がそこにある。

警察官の日常は殺伐としている。事務方はさておき、みんな何らかの犯罪と関わっているからだ。

警備部は、連日厳しい訓練を続けている。彼らはいざというときは命を投げ出す覚悟だ。刑事たちは、凶悪犯や常習犯たちと戦い、地域警察は酔漢や暴漢と戦っている。交通警察だって悪質運転や暴走族と戦っているのだ。

長年そういう生活を送っていると、人を信用できなくなり、気分がささくれ立ってくるやつも出てくる。それは仕方のないことだと、富野は思っていた。

橘川が、富野たちに牙《きば》を剝《む》きかけたが、別にそういうのは珍しいことではない。なあなあではやっていけない厳しい世界なのだ。

その橘川が今は富野と肩を並べて巡回をしている。それにしても、伝奇オカルトマニアとは恐れ入った。

警察官は誰でも「超」がつく現実主義者ばかりだと思っていた。だが、富野も人のことは言えない。

鬼龍たちと知り合ったばかりの頃は、戸惑うことだらけだった。彼らの言っていることが理解できず、信じられなかった。

だが、実際にその眼でいろいろな現象を見ることになった。

狐憑《つ》き、犬神憑き、蠱毒《こどく》……。

人間は慣れるのだ。驚きの連続であり、とても受け容《い》れがたいことばかりだと思っていたが、いつの間にか富野は、どちらかというと鬼龍たちの側に立っているような気がする。

ともあれ、橘川が神霊の世界について興味があるというのは、富野たちにとって悪いことではない。

西条の処遇について、何もかも知った上で相談に乗ってくれる人がいるというだけでありがたい。

「このあたりは、本当に静かな住宅街だな」

橘川が言い、それに富野がこたえる。

「アパートやマンションが多いですけどね」

「昔はきっと大きな屋敷が多かったんだろう。古い住宅街なんだと思うよ。相続税で屋敷を維持できなくなるんだ。それでアパートやマンションになる。そうすると、治安が悪くなるんだ」

橘川の「治安が悪くなる」の一言に、富野が苦笑した。

「それは極論でしょう」

「極論なもんか。昔は大きな屋敷に大家族が住み、近所づきあいも盛んだった。そうすると、どこの誰がどういう状態かみんなが把握し合えるんだ。そして、地域に不審者がいればすぐに気がつくし、近所の人たちとの関係が緊密なので、力を合わせて不審者を監視したり排除したりすることができる」

「たしかに、昔は町内会なんかの活動が今よりずっと活発だったでしょうね」

「親から土地家屋を受け継ぐときに、莫大《ばくだい》な相続税を取られる。最高税率が五十五パーセントだぞ、こんな国は世界で日本だけだ。スイスにもカナダにもオーストラリアにも中国にも相続税なんてものはない。相続税を払うために借金をしたり、土地を売ったりしなければならなくなる。そして、売り払われた屋敷は集合住宅になり、よそ者ばかりが住むことになる。人々の結束はなくなるんだ。マンションでは隣の人が何者なのかわからないことも珍しくはない。地域の人々の関係が疎遠になり、署の地域課も地域住民のことを把握できなくなる。それが今の東京だ」

「地域住民の関係が疎遠になった理由は相続税だけじゃないですよ。都市化現象は止められません」

「日本の都市化を一気に推進したのは、何だと思う？」

「さあ……」

「明治維新だ」

「ああ、なるほど」

富野は生返事だ。人が何かを力説すると、とたんに白けた気分になる。そんなに入れ込むことはないだろうと思ってしまうのだ。

橋川の興味は、神霊やオカルトといった方面だけではないのか……。

富野はそんなことを思いながら、橋川の話を聞いていた。

「当時、多くの人は明治維新のことを『瓦解《がかい》』って呼んだんだ。つまりさ、ぶっ壊れたってことだ。明治政府の脱亜入欧政策がそれまでの日本をぶっ壊して都市化を推し進めたんだ」

「それは必然だったんじゃないでしょうか」

「そうだったかもしれない。けどな、俺は何か妙な力が働いたんじゃないかって思っている」

「妙な力？」

富野は思わず聞き返していた。

「そうさ。明治維新以来、日本は富国強兵策を推し進める。つまり、明治維新から第二次世界大戦までまっしぐらに進んでいくわけだ。それまで、三百年も泰平の世が続いたにもかかわらず、たった七十年余りで世界大戦に突入したわけだ。いったい、誰がそんな日本を求めたんだ？」

富野は戸惑った。この話はどこに行き着くのだろう。そう思いながら、こたえた。

「世界がそういう状況だったんじゃないですか？　列強がアジアに進出してきて、日本も欧米列強の脅威にさらされていた……」

「隣の大国、清《しん》が阿片《あへん》戦争でイギリスに敗れたことが、多くの日本人にはショックだったろうな。その阿片戦争に深く関わったのがジャーディン・マセソン商会だ。知ってるか？」

「さあ……」

　富野はますます、話の先行きが見えなくなっていた。ただ、黙って聞いているしかない。

　橘川というのは、こんな人だったのか。半ばあきれる思いだった。

「ジャーディン・マセソン商会を知らなくても、グラバー商会は知っているだろう」

「ああ。長崎にあるグラバー邸は知ってます」

「そのグラバーだよ。グラバーはジャーディン・マセソン商会の社員で、グラバー商会はその長崎代理店なんだ。そしてだな、ジャーディン・マセソン商会が阿片戦争の黒幕なら、戊辰《ぼしん》戦争と明治維新の仕掛け人がグラバー商会だったんだ」

　相変わらず、話がどこに行き着くのかはわからないが、富野はつい興味を引かれて尋ねた。

「それ、どういうことです？」

「普通に考えたら、どうひっくり返っても、薩摩《さつま》・長州《ちょうしゅう》が江戸幕府に勝てるはずがない。武器商人であるグラバー商会が、薩摩・長州に武器を提供したんだ。その使い走りにされたのが坂本龍馬《さかもとりょうま》だ」

「坂本龍馬が……」

「この話をすると、十人中七、八人がそんな顔をする。坂本龍馬が明治維新の立役者で、私利私欲を捨てて日本の新しい夜明けのために奔走した、みたいな幻想を抱いているんだな。実際にはただのグラバーのパシリだよ」

富野はますます話に引き込まれた。

「じゃあ、グラバーは何のために明治維新を仕掛けたのですか？」

「グラバーが仕掛けたのは、明治維新というより戊辰戦争だよ。ジャーディン・マセソン商会が阿片戦争を仕掛けたように、グラバー商会は薩長に武器を提供して戊辰戦争を起こさせた。徳川幕府が目指していたのはあくまで無血開城だ。大政を奉還すると言ってるのに、薩長は無理やり戦争を始めた。これはみんなグラバー商会の思惑なんだ」

「武器を売るために？　なんだかそれは本末転倒という気がしますね」

「ただ武器を売るためだけじゃない。グラバー商会の母体であるジャーディン・マセソン商会はどうやって作られたか。かのロスチャイルド家の資金によって設立されたというんだ。つまり、大本はロスチャイルドなんだ」

「そう言われてもぴんと来ないんですが……」

「ロスチャイルド家はヨーロッパ中に勢力を持つ金融資本家だ。戦争が起こるとその国の国債を買い上げることで、政治的な発言力を強めた。そのロスチャイルドは明治政府にも大金を貸している。何のためか。日露《にちろ》戦争のためなんだよ」

「たまげましたね……」

「明治政府自らも日露戦争の戦費を調達しようとした。そのために導入したのが、相続税なんだよ」

　富野はびっくりした。

「え、この話のオチは相続税なんですか？」

「もっとも、現行の相続税は昭和二十五年の税制改革で生まれたもんだがね」

「ちょっと気になることがあるんですが……」

　富野が言うと、橘川が尋ねた。

「何だ？」

「何か妙な力が働いたんじゃないかって言いましたよね？」

「ああ」

「それって、何のことです？」

「明治維新てのは、単なる政権の交代じゃない。ものすごく大きなエネルギーが働いた気がする。日本を変えちまうエネルギーだ」

「それは何なのでしょう」

　橘川はしばらく考えてから「さあな」と言った。

橘川の話を聞いているうちに、池垣亜紀の自宅周辺を二周していた。いったん車に戻ろうかと思ったとき、富野は前方に黒と白の二人組がいるのに気づいた。

14

富野と橘川は彼らに近づいた。

鬼龍が言った。

「やあ、どうも……」

やはり緊張感がない。

一方、孝景のほうは対照的で、ぴりぴりと苛立《いらだ》っているように見えた。

富野は二人に橘川を紹介した。鬼龍は名乗り頭を下げたが、孝景は無言のままだった。

富野は言った。

「彼は安倍孝景。鬼龍は鬼道衆と呼ばれるお祓《はら》い師の一族なんですが、孝景はその分派の奥州勢なんだそうです」

橘川が感銘を受けたような表情で言った。

「鬼道衆は聞いたことがある。なんでも、その始まりは卑弥呼の鬼道だというじゃないか」

鬼龍はこたえた。

「いやあ、そう言われていますが、どこまで本当のことかわかりません。卑弥呼の鬼道は、亡くなった先祖の口寄せだったという説もありますからね」

橘川がうなずいた。

「中国語で鬼というのは、死んだ人の魂のことを言うからな。青森のイタコや沖縄のユタのように、死者の口寄せのことだったという人もいるな」

「へえ……」

今度は鬼龍が感心した顔になった。「よくご存じですね」

富野が言った。

「橘川さんは、神霊やオカルト、その類《たぐい》の伝説なんかに興味を持っていて、よく調べているらしい」

「警察にそういう人がいてくれるとありがたいですね」

そのとき、孝景が言った。

「こんなところでいつまで立ち話をしているんだ」

たしかに住宅街のど真ん中で、四人もの男が立ち話をしていると、住民に不審に思われるかもしれない。

「車のところまで行こう」

四人は駐車している捜査車両まで移動した。車の中で話をすることにしたのだが、五人乗るとかなり窮屈だった。

橘川に助手席に乗ってもらい、後部座席に、富野、鬼龍、孝景が座った。

車に乗り込むとすぐに、孝景が言った。

「何で俺が呼び出されなきゃならないんだ？」

富野は言った。

「改めて西条から話を聞いた。すると、最初に話を聞いたときとずいぶんと印象が変わったんだ。本人は否定したが、彼は間違いなく真立川流だ」

孝景が顔をしかめる。

「そんなことは、とっくにわかっているさ」

「確認したのか？」

「確認しなくたってわかる。あいつは、元妙道の儀式を阻止しようとしたんだ。あわよくば、池垣亜紀の適合者を抹殺しようとしたんだろう。そうすれば、しばらく術者は現れないからな」

「池垣亜紀やその両親は、秘密を洩《も》らすことで元妙道の仲間から殺されることを恐れている」

孝景が皮肉な口調で言う。

「そりゃそうだろうな」

「池垣一家は、真立川流の攻撃だけじゃなく、仲間からの襲撃にも怯《おび》えなければならないわけだ。俺たちは彼らを助けるべきじゃないのか？」

「何のために？　池垣亜紀はあんたらに助けを求めたのか？」

「いや……」

　言われてみれば、そのようなことはなかった。

「関わらなけりゃいいのさ」

「何だって？」

「そうだろう。あんたたちが関わらなけりゃ、亜紀たちが秘密をしゃべる必要もない。そうすりゃ、亜紀の一家を抹殺するための勢力を真立川流に向けられる」

　孝景が言っていることは、筋が通っているようだが、どうも腑《ふ》に落ちないと富野は感じていた。

　そのとき、橘川が言った。

「いや、放っておくわけにはいかない」

　孝景が橘川に尋ねる。

「なぜだ？　警察の出る幕じゃないだろう」

「西条の送検や家裁送致のためには、本当のことを知っておかなければならない」

　孝景がまた、皮肉な口調で言う。

「警察の出る幕じゃないって言ってるだろう。本当のことを知るだって？　知ってどうする。検事や判事がそれを信じると思うか？」

「検事や判事が知る必要はない。俺たちが知っていればいい。あとはうまく辻褄《つじつま》を合わせるさ」

孝景がふんと鼻で笑った。

富野は孝景に尋ねた。

「あんたは、元妙道が何をしようとしているのか知っているのか？」

「知らないって言ってるだろう」

「だが、誰かに元妙道に関する何かを依頼されたんだろう？」

「まあね」

「誰に何を依頼されたんだ？」

「なんでそんなことを、あんたに教えなけりゃならないんだ？」

「俺が知りたいからだ」

「宗教関係者にも守秘義務があるって話、したよね」

「何が守秘義務だ。俺に話すのが嫌なだけだろう。他の刑事に取り調べをしてもらってもいいんだぞ。この橘川係長もかなり手荒な取り調べをするだろう」

実際には、橘川がどんな取り調べをするのか知らない。孝景に対するはったりだった。

橘川もそれがわかっているらしく、何も言わないでいてくれた。

孝景が言った。

「ふん。やりたいならやればいいさ。俺は何もしゃべらないぞ」

そのとき、鬼龍が言った。

「話せばいいじゃないか」

「何だと？　依頼者に迷惑がかかったらどうするんだ」

「富野さんならだいじょうぶだよ。事情を察してくれる。それに、きっと先方に迷惑などかからないさ」

その鬼龍の言葉を受けて、富野は言った。

「俺が知りたいのは、元妙道が何をしようとしているかなんだ。あんたの依頼者には興味はない。ただ、おまえが何を依頼されて、どういうふうに関わろうとしているかが知りたいだけだ」

鬼龍が言った。

「元妙道と関わる以上、それはもっともな疑問だと思いますね」

「ふん、聞いて後悔するなよ」

富野はこたえた。

「おまえたちと関わって、これ以上後悔することはないと思うよ」

孝景が言った。

「依頼主は宮内庁だ」

富野は絶句した。

車内はしばらく沈黙に包まれていた。

聞いて後悔はしなかったものの、予想だにしなかったこたえだった。

「まさか……」

富野は思わず言っていた。

すると、むっとしたような顔で孝景が言った。

「まさかって何だよ。俺は訊《き》かれたからこたえたんだぞ」

「宮内庁が、おまえに依頼したというのか？」

「俺に直接依頼したわけじゃない。奥州勢が依頼を受け、俺が動くことになった」

「宮内庁が奥州勢に……？」

鬼龍が言った。

「別に珍しいことじゃありません」

富野は思わず聞き返した。

「珍しいことじゃないって？」

「ええ。鬼道衆は歴代の皇室と深い関わりがありますから……」

それまで黙って話を聞いていた橘川が、突然言った。

「そういや、卑弥呼が天照大神《あまてらすおおみかみ》だっていう説があるな」

鬼龍がこたえた。

「卑弥呼の存命中に二回の日食があったという説があります。それが天照大神の天岩戸《あまのいわと》の神話になったと考える学者がいます」

富野がつぶやくように言った。

「鬼道衆が皇室と関わりがあるなんて……」

鬼龍がこたえた。

「皇室というのは、神道の総元締めでもありますからね。鬼道は古神道の一種と言うこともできます」

「さすがに驚いたよ」

「何を言うんです」

鬼龍が苦笑を浮かべる。「トミ氏はもっと皇室と関係が深いじゃないですか。なにせ、大国主《おおくにぬし》の直系なんですから」

「あ、そうか……」

橘川が言った。「トミノナガスネ彦のトミ氏はもともと出雲族で、大国主の子孫だって話、聞いたことがあった。あんた、そうだったんだな」

「いや……。家のことを家族や親戚《しんせき》から聞いたことがないので、その自覚がないんです。もしかしたら、違う富野かもしれません」

それを聞いた鬼龍が言った。

「能力を発揮したこともあったじゃないですか。そして、あなたが、次々と神霊が関係するような事件と関わりができるのはその血のせいだと思いますよ」

富野は話を戻したかった。孝景に言った。

「宮内庁の誰が依頼してきたんだ？」

「知るかよ。奥州勢のじじいたちに聞いてくれ」

代わりに鬼龍がこたえた。

「おそらく式部職の人でしょう」

「式部職？」

「皇室の儀式や交際、雅楽に関する仕事をする部署だということになっていますが、今でも、式部職では、一般の人々には公開されない秘密が伝えられているということですから」

富野はさらに孝景に尋ねた。

「それで、奥州勢は宮内庁からどんな依頼を受けたんだ？」

「絶対外に洩らすなよ。でないと、あんたも消されるぞ」

「元妙道みたいなことを言うなよ」

「俺たちの世界は、法律が守ってくれるようなおめでたいところじゃないんだよ。そうさ。元妙道も真立川流も、鬼龍の鬼道衆も、俺たち奥州勢も、みんな同じ世界にいる。西条が中大路を刺すくらいのことは別に珍しいことじゃないんだ」

富野は言った。

「人の命を何とも思っていないということか？」

「もっとはるかにでっかいものを見ているってことさ」

「でっかいものを見ている……?」

「そう。奥州勢に依頼してきた宮内庁の中の連中も、でかいものを見据えている。その上で、依頼してきたのさ。均衡を守れってな」

富野は眉《まゆ》をひそめた。

「それはどういうことだ?」

孝景は肩をすくめた。

「俺が言われたのはそれだけだ。詳しい説明などなかった。だから、俺は考えた。単純に元妙道と真立川流の力のバランスを保てということだろうと……。だから、どちらかに加担するのではなく、見守るのが仕事なんじゃないかと考えたわけだ」

「力のバランスを保つ……」

富野は話を聞いていて、どうもすっきりとしなかった。「本当にそれでいいのかな……」

孝景が再び、むっとした顔になる。

「何だよ。他にどんなことが考えられるってんだよ」

富野はかぶりを振った。

「それはわからない」

「じゃあ、人の考えに文句つけるなよ」

「黙って見守るだけの仕事を、皇室の秘密を守り続けているような連中がわざわざ奥州勢に依頼するだろうか……」

富野が言うと、車内はまた沈黙に包まれた。

しばらくして、鬼龍が言った。

「たしかに、富野さんの言うとおりだと思いますね。孝景が言っていることは、あまりに単純だと思います」

「だから訊いてるんじゃねえかよ。他にどんなことが考えられるのかって……」

そのとき、運転席にいる有沢が言った。

「それって、やっぱり元妙道が何をしようとしていたのかを知らないと、わからないんじゃないですかね」

有沢は瞬時に注目を集め、戸惑った様子になった。

富野が彼に尋ねた。

「元妙道がやろうとしていることと、均衡を保つってことが、どう結びつくんだ?」

「さあ……。それは自分にはわかりません」

孝景が吐き捨てるように言う。

「何だよ……」

有沢がさらに言う。

「でも、元妙道がやろうとしていることが、何かの均衡を崩すんだとしたら……」

孝景が眉間《みけん》にしわを刻んで運転席の有沢の後頭部を睨《にら》みつけている。彼の言葉について考えているのだろう。

鬼龍が言った。

「だとしたら、それを阻止しようとした西条の行動は、奥州勢の依頼主の意に添っているということになりますね」

孝景が言った。

「つまり俺は、西条の味方をすべきだということか？」

「あるいは……」

橘川が言った。「その逆か……」

富野が聞き返した。

「逆……？」

「そうだ。何かの均衡が崩れそうになっているんだ。元妙道がそれを防ごうと活動を開始した。それを西条たち真立川流が邪魔しようとした……」

孝景が言った。

「それって、希望的観測じゃねえの？　警察としては西条の目的が宮内庁と一致しているなんて思いたくねえだろうからな」

「そうだな……」

富野は、さまざまな記憶の断片をパズルのように組み合わせながら言った。「池垣亜紀は、元妙道の秘密が天海上人と関係があると言っていた。天海と言えば天台宗。そして、元妙道は台密だ。一方、対立している真立川流は東密系だ。そのへんがヒントなんじゃないのか？」

「ふん」

孝景が言う。「台密と東密が対立しているのは当たり前のことだって言っただろう」

「だから」

富野は言った。「その当たり前のことを、考え直してみるんだよ」

橘川が何事か考えながら言った。

「天海上人が江戸のグランドデザインをした。つまり、それが江戸幕府の三百年もの平和を守ったのだという説がある」

孝景が言った。

「それは、俺たちにしてみれば、単なる説じゃなくて常識だけどね」

橘川がさらに言う。

「天海は平将門の強力な霊力を利用するために、江戸の町に妙見菩薩《ぼさつ》のシンボル、つまり北斗七星を描いた」

鬼龍が言った。

「驚きましたね。そんなことまでご存じなんですね」

橘川の言葉が続く。

「その妙見菩薩のシンボル、つまり平将門の力を明治政府は封印したんだ」

「明治政府が封印?」

富野が尋ねた。「それはどういうことだ?」

「知らないのか? トミ氏のくせに……」

孝景が言った。「じゃあ、俺が説明してやるよ」

15

「明治政府はな、将門の霊力を封じるために、東京の町に魔方陣を描いたんだ」

孝景が言った。

富野は思わず聞き返していた。

「魔方陣……？」

「そう」

孝景がうなずく。「天海が七つのパワースポットで妙見菩薩《ぼさつ》を描き、将門の霊力を引き出したのと同様に、五つのパワースポットでそれを封じようとした」

「それも聞いたことがあるな……」

橘川が言った。「靖國神社《やすくにじんじゃ》とか築地本願寺《つきじほんがんじ》とかだったよな……」

「へえ、トミ氏よりよく知ってんじゃん」

孝景が皮肉な口調で言う。富野は孝景のこういう態度にはもう慣れっこで、何とも思わなかった。

「その刑事さんが言うとおり、靖國神社や築地本願寺も五つのパワースポットに含まれている。あとの三つは、青山《あおやま》霊園、谷中《やなか》霊園、そして雑司ヶ谷《ぞうしがや》霊園」

橘川が言った。

「そうだ。たしか、築地本願寺、谷中霊園、青山霊園、雑司ヶ谷霊園の四点を結ぶと長方形になるんだ。そして、その中心に靖國神社が来る」

それを受けて孝景が言う。

「半分正解」

「半分？」

「そう。正解は谷中霊園、靖國神社、青山霊園を結ぶ直線と、雑司ヶ谷霊園、靖國神社、築地本願寺を結ぶ直線が交差する形。つまり、長方形ではなくバッテンを描くのが正解なんだ」

富野は助手席の橘川に尋ねた。

「地図はありますか？」

「ああ。ドライビングマップだが……」

「東京全図があればいいんですが」

「このページだな」

橘川が開いて背もたれの脇から差し出した。富野はそれを受け取ると、孝景が言った五つのパワースポットを探した。

「ええと……。谷中霊園、靖國神社、青山霊園、雑司ヶ谷霊園、そして築地本願寺か……」

それぞれの場所を確認すると、それを、孝景が言ったように直線で結んだ。靖國神社で二本の直線が交わった。

「たしかに、大きなバツ印が描かれる」

富野は言った。「だが、それが何だと言うんだ？」

「それを、天海の妙見菩薩、つまり北斗七星と重ねてみるんだな」

「待ってくれ」

富野はボールペンを取りだし、まず大きなバツ印を描いた。そして、橘川と孝景に尋ねながら、天海が構築したという妙見菩薩の七つのスポットを探しだした。それを線で結ぶ。地図の上に北斗七星の形が浮かび上がる。

そして、大きなバツ印がその北斗七星の上に重なった。

富野はその地図を、橘川に見せた。橘川はそれを受け取り言った。

「ああ。そうそう。これが魔方陣なんだな」

さらに地図が有沢に手渡される。有沢は無言で地図を見つめていた。

「地図を見てわかっただろう」

孝景が言った。「明治政府の魔方陣は、妙見菩薩を封印しているんだ」

橘川が言った。

「つまり、将門の霊力を封印したということだな」

「そういうこと」

富野は尋ねた。

「将門の力を封印するとどうなるんだ？」

「考えればわかるだろう。天海は江戸の町を作るときに、将門の霊力を利用した。それから三百年にわたって平和が続いたわけだ」

「つまり、平和を維持してきた力を封じてしまったというわけか？」

「そうだよ。それからの日本は、戦争続きだ。西南戦争、日清戦争、日露戦争……。そして、第一次、第二次世界大戦と、まっしぐらに進んでいくわけだ」

「明治政府は平和を望んでいなかったということか？」

富野の問いに、孝景がこたえた。

「結果的にそうなったと見る人もいるけどね。明治政府は徳川の影響力を一掃したかった。だから、天海によって引き出された将門の霊力を封印したかったんだ。天海は徳川幕府のために尽くした。つまり、将門の霊力イコール徳川幕府の影響力ということだ。明治政府はそれを封印したかったんだ」

「結果的にそうなったって？　おそらくそうじゃない」

橘川が言った。「意図的に日本を戦争に向かわせたんだ」

「へえ……」

孝景がおもしろそうに言った。「明治政府が戦争をやりたがっていたってことか？」

「戦争を求めていたのは、明治政府じゃない。ロスチャイルドのロンドン家だよ」

「おやまあ……。陰謀説マニアか……」

孝景の皮肉な物言いに構わず、橘川が言った。

「戦争をさせることで金儲《かねもう》けをする。それがロスチャイルドだ。ジャーディン・マセソン商会やグラバー商会は、日本を利用してとことん儲けようとした」

富野は、はっと気づいた。

「あなたが言った、明治維新の、日本を変えてしまうエネルギーって、そのことだったんですか？」

橘川がこたえた。

「徳川幕府を瓦解《がかい》させたのは、グラバー商会、つまりジャーディン・マセソン商会だ。将門の霊力を封印させて、日本を戦争に導いたのは、もしかしたら、ロスチャイルドだったのかもしれない」

孝景はふんと鼻で笑った。

「陰謀説マニアが好きそうな話だが、考え過ぎだろう」

「いや、そうとも言い切れないんじゃないのかなあ……」

そう言ったのは、鬼龍だった。

孝景が鬼龍に言う。

「なんでだよ」

「将門の霊力を封印するのに、靖國神社を中心とする魔方陣だけでは足りなかった。だから、昭和になろうとするときに、さらに大がかりで強力な魔方陣を作った」

「ああ、それも有名な話だな」

富野は二人に尋ねた。

「その強力な魔方陣ってのは何だ？」

その質問にこたえたのは、孝景でも鬼龍でもなく、橘川だった。

「山手線《やまのて》だよ」

富野は思わず奇妙な声を上げた。

「山手線？　ＪＲの？」

「そう」

孝景が言った。「山手線はたしかにさっきの魔方陣を取り囲むように敷設されている。つまり、天海の妙見菩薩を封印する形なんだ。そして、鉄は古来霊力や魔力を封じるとされている。鉄道ってのは封印にもってこいなんだ」

鬼龍がそれを補足するように言った。

「そして、日本の鉄道史を見ると、イギリスの影響が強かったことがわかる。まず、日本に鉄道を紹介したのは、トーマス・グラバーだ」

孝景がまた皮肉な笑いを洩《も》らす。

「そこの刑事が喜びそうな話だ」

鬼龍は孝景に取り合わず、話を続けた。

「明治二年に、政府は新橋《しんばし》・横浜《よこはま》間に鉄道を敷くことを決めるんだけど、自力では無理だ。外国に技術や資金の援助を求めなけりゃならなかった。明治政府が選んだのはイギリスだった。つまり、日本の官営鉄道はイギリスの影響を強く受けているんだ」

「いやあ……」

運転席の有沢が言った。「当時最高の先進国だったイギリスが、将門の霊力だのその封印だのといったことを考えるとは思えませんね」

「実はさ……」

孝景が言う。「先進国かどうかなんて、たいした問題じゃないんだよ。歴史がある国ほど、裏にいろいろなものを抱えている」

有沢が言った。

「宮内庁がお祓《はら》い師に何かを頼むように？」

孝景がこたえる。

「宮内庁がお祓い師に何かを頼むように」

鬼龍が言った。

「大英帝国は、大航海時代を経て、世界中に植民地を作ります。植民地を支配するためには、土着の文化や宗教をちゃんと研究しなければなりません。イギリスはそういうノウハウを蓄積していたのです」

有沢が鬼龍に尋ねる。

「イギリスが、日本の文化や伝統について研究していたということですか？」

「研究していたでしょうね。かなり深いところまで……」

橘川が言う。

「ロスチャイルド家や東インド会社には、世界各国のさまざまな情報が収集蓄積されていた。もちろん、日本の情報もね」

有沢が口をつぐんだ。納得したわけではないだろうが、反論の余地がないと思ったのだろう。

富野は言った。

「明治政府が、将門の霊力を封印するために魔方陣を作ったのが、本当だったとしよう」

付け加えるように、橘川が言った。

「明治政府の背後にイギリスの力が働いていたがね……」

「まあ、それも含めて、その話が本当だとして、元妙道や真立川流がどう関わるんだ？」

孝景がこたえる。

「ものすごく単純化して言うと、台密の元妙道は天海派で、東密の真立川流は反天海派、つまり明治政府側ということになるな」

富野は考えながら言った。

「真立川流が明治政府側ということは、つまりは皇室側ということなんじゃないのか？　宮内庁の式部職が均衡を保てと依頼したということは、やはり、元妙道が始めようとしていた活動が何かの均衡を崩すので、それを止めようとする真立川流を手助けしろということなんじゃないだろうか」

「だったら、宮内庁がわざわざ奥州勢に依頼なんてしないだろう」

孝景は無言で肩をすくめた。

鬼龍が言った。

「だからさ、真立川流と元妙道が何をしようが、黙って見ていればいいんじゃねえの？」

孝景は無言で肩をすくめた。

鬼龍が言った。

「実は孝景が言うほど事情は単純じゃないんです。台密の元妙道は天海派、東密の真立川流は反天海派。そこまでは正しい。そして、反天海派イコール明治政府側というのもほぼ正しいでしょう。しかし、当時の明治政府側が、宮内庁の式部職とイコールかと言うと、決してそうではないのです」

富野は尋ねた。

「……と言うと？」

「それについては、橘川さんがおっしゃることが正しいと思います」

「橘川係長の言うことが……？」

「確かに大政奉還後、政権の座についたのは天皇陛下です。しかし、実権を握ったのは薩摩・長州藩であり、薩長を支えていたのはイギリスでした。薩長が牛耳る政府の意思決定と、日本の伝統を守る皇室は対立する部分も少なからずあったのです」

「ふん……」

孝景が皮肉な口調で言う。「薩長が明治天皇を入れ替えたという説もあるしな」

富野は驚いて孝景を見た。それに対して、鬼龍が言った。

「そういう説があるというだけのことです。都市伝説の類《たぐい》かもしれません。検証はされていないのです。まあ、そんな話が出るくらいに、明治政府では皇室というより薩長の発言力が大きかった。大政奉還は徳川幕府から皇室への権力の移譲でしたが、明治維新は徳川幕府から薩長への政権交代だったのです」

富野はうなずいた。

「そういえば孝景が、明治維新は台密対東密の戦いだったと言ったことがあったな」

「そういう見方もありますね。勤王派に東密が多かったという話をしました。しかし、言うまでもないことですが、皇室は東密派でも台密派でもありません」

「言うまでもないことなのか？」

「当たり前だろ」

孝景が言う。「皇室を何だと思ってるんだ。神道の総本家だぞ」

「そう言われりゃ、そうだな……」

鬼龍が言う。

「まあ、それも、明治政府による神仏判然令以降のことなんですがね……」

「まあ、だいたいわかったよ」

橘川が言った。「台密は徳川幕府派、東密は明治政府派。ただし、明治政府は薩長とその背後にいるイギリスに牛耳られており、皇室とイコールではない。つまり、元妙道は徳川派だけれども、それと対立する真立川流が宮内庁の式部職の側とは限らないということだな？」

鬼龍が言った。

「さすがに理解が早い……」

さらに、橘川が言う。

「徳川派、つまり天海派の元妙道は、基本的には将門の霊力を発揮させようとする側だろう。一方、明治政府側、つまり薩長・イギリス側の真立川流は、それを封印しようとする側ということになるか……」

鬼龍がこたえる。

「元妙道の活動は一貫して、天海のグランドデザインを守ること。つまり将門の霊力を絶やさないようにすることです。おそらく、その霊力が損なわれるような事態が起きつつあるのではないでしょうか。それを阻止するために、元妙道の術者の覚醒《かくせい》が必要だった。そして、真立川流はそれを知り、阻止しようとした……」

「それって、要するに……」

有沢が言った。「宗教的信条のために、殺し合いをしているということですよね。もはや、単なる少年事件や刑事事件じゃなくて、公安の事案じゃないですか？」

それを聞いて、富野は安堵《あんど》のような感覚に包まれた。警察官としての良識を持った発言だ。

こんな話を聞いてもまだ、常識的な判断ができるやつがいる。その事実にほっとしたのだ。

同時に、有沢の発言に違和感を覚えていた。彼は、橘川や孝景たちの話をはなから信じようとしていないようだ。

世界には裏表があり、たいていの人たちは表側しか見ていない。そのことに気づかないのかもしれない。あるいは、裏側を見たくないのではないだろうか。

富野は言った。

「公安だって対処できないだろう」

「どうしてです？　宗教的なテロと解釈することもできるでしょう」

「厳密に言うと、これは宗教の問題じゃない。神霊の世界の話だ」

「同じことでしょう」

孝景が言った。

「宗教と神霊を同じだと思っているやつに、何を話しても無駄だよ」

有沢がむっとした口調で言う。

「宗教と神霊、どう違うんですか？」

孝景があきれたような口調で言った。

「宗教ってのはな、信仰を利用した金儲けや権力のことだ。信仰はもともとは純粋なものかもしれないが、それが形式化し、組織化されると、まったく別なものになる。つまり、宗教ってのは現世のものだ。一方、神霊は、現世を超えたところにあり、もっと実際的なものだ。信仰の対象になることもあるが、信仰そのものじゃない。自然を超越したパワーや現象のことなんだ」

「自分にとっては、どっちも大差ないですね」

「だから、そんなやつにいくら話しても始まらないって言ってるんだ」

二人が言い争いを始める前に、富野は言った。

「俺は鬼龍や孝景と出会って、神霊の世界と深く関わった。だからそれを否定はできないと思っている。おまえも、何度も経験したはずだ」

「経験はしましたが、そっちの世界で生きたいとは思いません。自分はあくまで警察官という立場を貫きたいと思います」

橘川が言った。

「それで導き出したこたえが、公安に下駄《げた》を預けるってことか」

有沢が言う。

「少なくとも、少年事件課や所轄の刑事課が担当する事案じゃないでしょう」

「公安が担当する事案でもない。その点は、富野と同じ意見だな」

「自分らが担当する理由がないと思います」

「理由ならあるさ。端緒に触れた。乗りかかった船ってやつだ。一度手がけた事案については とことん調べるべきだ。その背後関係も含めてな」

橘川に続いて富野は言った。

「俺たち以外の誰にもやれない。そう考えたら、やるしかない。降りるならそれでもいい。もし、降りるなら今すぐ帰れ」

有沢は、腹を立てて車を降りてしまうかもしれない。富野はそう思っていた。それでも仕方がない。

有沢が言うことにも一理ある。元妙道と真立川流の戦いについては、少年事件課や刑事課が担当する事案ではないという指摘は間違ってはいない。

だが、富野はここで引くつもりはなかった。

有沢は正面を向いたまま何も言わない。富野は確認した。

「降りないんだな？」

有沢が言った。

「乗りかかった船なんでしょう？」

富野が笑みを洩らしたとき、橘川の携帯電話が振動した。

「はい、橘川」

たちまち緊張するのが、彼の背中を見ていてわかった。「すぐに戻る」

彼が電話を切ったので、富野は尋ねた。

「何かありましたか？」

「西条が姿を消した」

16

富野は眉《まゆ》をひそめて尋ねた。

「どういうことです？」

「送検する際に、逃走したらしい。とにかく、署に戻って詳しく事情を聞いてくる」

「車で戻りますか？」

「いや、あんたらが使ってくれ。タクシーで帰る」

「その後は？」

「戻ってみないとわからない。とにかく、連絡するよ」

「わかりました」

橘川が車を降りて龍雲寺通りのほうに歩いていった。

富野は後部座席から助手席に移動した。

有沢が言った。

「被疑者の少年に逃げられるなんて、神田署もとんだ失態ですね」

「普通ではあり得ない。つまり、西条は普通じゃないってことだ」

「当然、普通じゃないさ」

孝景が言う。「真立川流なんだからな」

富野は言った。

「目的があって逃走したはずだ。その目的が問題だな」

「池垣亜紀が危険ですね」

鬼龍が言った。「そして、中大路先生も……」

孝景が言った。

「俺は病院へ行く」

「待て、一人で行くのは危険だ」

富野はそう言ったが、すでに孝景は車を降りようとしていた。

「ここで手をこまねいているわけにはいかない」

「橘川さんに電話をしよう。病院に人を回してくれるかもしれない」

「警官か？　まあ、いないよりましか」

孝景は車を降りて走り去った。

富野は、橘川に電話した。

「橘川だ。どうした？」

「孝景が病院に向かいました。西条が逃げ出したということは、再び中大路先生を襲撃する可能性もありますから……」

「わかった。誰か人を送る」

「今、どこですか？」

「まだ署に向かうタクシーの中だ。状況は追って連絡する」

「わかりました」

富野は電話を切ると鬼龍を見た。彼は思案顔だった。

「何を考えているんだ？」

「いえ……。どうして、西条が逃走する必要があったのかと思いまして……」

「どういうことだ？」

「少年事件なんで、そんなに重い罰にはならないでしょう？」

「まあ、そうだな。先生を刺したというのは心証が悪いだろうが、初犯だし裁判官の前で反省してみせれば、保護観察になる可能性は充分にある」

「だったら、ただしおらしくしていればいいじゃないですか」

「俺と橘川係長が、犯行の計画性をけっこう厳しく追及したからな。それで逃げ出そうと考えたのかもしれない」

「逃げれば罪が重くなることは、充分にわかっているはずです」

「すべての人が理屈通りに行動するなら、犯罪は起きないよ」

「俺は、真立川流の立場で考えてみたんです。上層部の人たちは、西条がおとなしく捕まっているほうが都合がいいんじゃないでしょうか」

「どうしてだ？」

「トカゲの尻尾《しっぽ》切りですよ。西条がおとなしくしていれば、他の信徒に累は及ばないでしょう」

「西条はそこまで考えが至らなかったのかもしれないな。逃げたくなったから逃げた。それだけなのかもしれない」

鬼龍はまた考え込んだ。

有沢が言った。

「何だかんだ言っても、西条一人だけですよね」

富野は思わず有沢を見ていた。

「西条一人だけ？　どういうことだ？」

「元妙道のほうは、池垣亜紀に中大路、そして亜紀の両親と、何人か顔が見えています。でも、真立川流のほうで、自分らの前に現れたのは、西条一人だけです」

「それがどうかしたのか？」

「いえ……。アンバランスだなと思いまして……。元妙道と真立川流が戦っているのなら、真立川流の動きがもっと眼についてもいいんじゃないかという気がしますが……」

「だから、これから攻撃してくるんじゃないのか」

鬼龍が言った。

「それ、意外と重要なことかもしれません」

富野は尋ねた。

「重要なこと？」

「そうです。真立川流の実態がわかっていないんです。西条以外の信徒が姿を見せていないことや、西条が警察から逃げ出したことをあわせて考えてみることが重要なんじゃないかと……」

「あわせて考えてみると、どういうことがわかるというんだ？」

鬼龍は肩をすくめた。

「それはよく考えてみないとわかりません」

「じゃあ、考えてくれ。俺がいくら考えてもわかりそうにない」

有沢が言った。

「真立川流が、池垣親子を襲撃するかもしれないという話はわかりました。でも、真っ昼間から襲撃してくるでしょうか？」

富野はこたえた。

「可能性は低いと思うが、万が一ということもある」

「じゃあ、監視しながらでいいんで、食事にしませんか？」

言われて富野は、時計を見た。すでに昼の十二時を過ぎていた。

富野は言った。

「張り込みのときは、若手が買い出しと決まっているんだ」

「わかりました」

有沢が車を降りようとした。

鬼龍が言った。

「あんパンと牛乳ってのは勘弁してほしいですね」

「いつの時代の話ですか。今どき誰もそんなもの食べませんよ」

有沢の言葉に、富野は言った。

「そうか？　俺は意外と好きだけどな」

有沢は苦笑を浮かべて車を降りた。


コンビニのレジ袋をぶらさげて、有沢が戻って来たのは、それから二十分後だった。おにぎりやペットボトルの日本茶などがあったが、しっかりあんパンと牛乳も入っていた。

「警察官って、こんなものばかり食べてるんですか？」

鬼龍が言った。「長生きできそうにないですね」

富野は言った。

「長生きなんて考えたことはないな」

有沢が言う。

「公務員なんで、将来はけっこう楽ができるかもしれません。それを期待してるんですがね……」

今どきの若いやつはそうなのかもしれないと、富野は思った。

富野は、おにぎりを食べ、さらにあんパンを食べた。有沢に言ったのは嘘ではない。あんパンに牛乳という組み合わせはかなり気に入っている。

食事を済ませると、じわじわと睡魔が忍び寄ってくる。助手席にいて、フロントガラスから正面を見ていると、いつしかそれが夢の中の景色と入れ替わったりした。

どれくらい経ったろう。携帯電話が振動して、はっと目が覚めた。

「はい、富野」

「橘川だ。西条は、送検されるときに、隙を見て逃げ出したらしい。うちの係員が車に乗せようとしたときだ」

「つまり、神田署を出るときに逃げられたわけですね？」

「そういうことだ。面目ない。今、方面本部に頼んで、緊配をかけてもらっている」

緊急配備が発令されると、待機中の警察官も引っ張り出されて、あらかじめ決められた拠点に張り付き、網を張る。

犯人が逃走した場合など、かなり効果的だ。

「西条が網にかかるといいですね」

富野が言うと、橘川が力のない声で言った。

「ああ。捕まえないと、俺のクビが飛ぶかもしれない」

富野は驚いた。

「そんなことにはならないでしょう」

「だといいがな……。西条を取り逃がしたのは、俺の部下だからな」

「少年の送検ですから。手錠に腰縄というわけじゃありません。まさか、逃走を図るなんて誰も予想していないことですから……」

「予想すべきだったんだよ」

橘川は自分を責めているのだろうか。富野は言った。

「俺にも責任があります。俺は少年事件課ですから」

「うちの事案だ。神田署が責任持って送検しなければならなかった」

こういう場合、慰めたり元気づけたりする言葉はない。富野は、もっと実務的な話が聞きたかった。

「西条が逃げたとき、彼は一人でしたか？」

「仲間が手引きしたかどうかということか？」

「ええ」

「一人だったそうだ。だが、その後のことはわからない。逃走のために、仲間が車を用意していた可能性はある」

「車なら緊配に引っかかる可能性は高いですね」

「そう願いたい」

「緊配は半日ほどですかね。それまで、橘川さんはそちらを離れられませんね」

「そういうことだ。すまんが、そっちは任せる」

「病院のほうはどうなりました？」

「強行犯係は手一杯なんで、地域課に行ってもらった。緊配中なんで、地域課も人員に余裕はなく、非番を引っ張り出したようだ。孝景については、地域課に伝えてある」

孝景のことだから、警察に協力的な態度を取るとは思えないが、少なくとも素性がわかっていれば、逮捕されるようなことはないだろう。

「わかりました」

「何かあったら、また連絡する」

「お願いします」

電話が切れた。

鬼龍が富野に尋ねた。

「逃げたとき、西条一人だったかどうか尋ねていましたよね？」

「ああ。一人だったということだ」

「ではやはり、誰かに命じられて逃走したということではなさそうですね」

「当然でしょう」

有沢が言った。「神田署に留置されていたんです。他の信徒が接触できるはずがありません」

「わかりませんよ」

鬼龍が言った。「池垣亜紀は、元妙道の信徒が警察署内にもいるかもしれないというようなことを言っていました。それは、真立川流にも言えるのではないでしょうか」

富野はかぶりを振った。

「それは考えたくないが、もし、そうだとしたら、署内の信徒が西条の逃亡の手引きをした、ということも考えられるな」

有沢が言った。

「でも、橘川係長は、そんなことは何も言ってなかったのでしょう?」

「言ってなかった」

「なら、そんなことはないでしょう」

「気づいていないだけかもしれない。その可能性がないかどうかだけでも訊《き》いてみよう」

富野は、橘川に電話した。

「はい、橘川」

「富野です。お取り込み中、何度もすいませんが、ちょっと訊きたいことがありまして」

「何だ?」

「署内で、誰かが西条の逃走を手引きしたようなことはありませんか?」

「どういうことだ?」

富野は、鬼龍の言葉を伝えた。

橘川が言った。

「署内に真立川流の信徒が……。もし、いたとしても探し出す術《すべ》はないな」

「移送の際に、不審な動きをした者はいないかどうか、調べてみてはどうでしょう。もしかしたら、西条の足取りがつかめるかもしれません」

「黙って緊配の結果を待っているよりましか……。わかった、調べてみる」

電話が切れた。

富野は鬼龍に言った。

「調べてみると、橘川係長が言っている」

「何かわかるといいんですが……」

それからは、ただ張り込むしかなかった。

何も起きず、時間がゆっくりと過ぎていく。四時を回った頃、有沢が言った。

「あれ、見てください」

池垣亜紀が、自宅から出てくるところだった。普段着姿だ。

有沢が富野に尋ねる。

「どうします？」

富野は亜紀の様子を見ていた。そして、ふと眉をひそめた。

亜紀は、一度きょろきょろと周囲を見回すと、富野たちの車のほうを見て、近づいてきたのだ。

富野はつぶやいた。

「どういうことだ？」

亜紀が監視に気づいているとしか思えなかった。「彼女は超能力者か？」

鬼龍が生真面目に応じる。

「元妙道の術者に透視能力があるなんて聞いたことはないですね……」

やがて、車の脇にやってくると、亜紀は助手席の窓をノックした。富野は窓を開けて彼女の言葉を待った。

亜紀が言った。

「ここで何してるの？」

別に誤魔化《ごまか》す必要はないと、富野は思った。

「君と君の家族を守るために見張っていた」

「守る……？」

「真立川流とか、元妙道の上の者とか……。殺されるかもしれないって言ってただろう？」

「秘密を洩《も》らしたら殺されると言ったのよ。まだ、秘密を洩らしたわけじゃない」

「西条が逃走した」

「え……」

　亜紀は目を丸くして、それから非難するように富野を見据えた。

「送検しようとしたときに、隙を見て逃げたんだ」

「西条を自由にしないでって、あれほど言ったのに」

「申し訳ない」

「中大路は？」

「孝景と神田署の地域課が守っている。だいじょうぶ、孝景はああ見えて頼りになる」

　亜紀は大きく溜《た》め息をついた。

「それより……」

　富野は尋ねた。「俺たちがここにいるってこと、どうしてわかったんだ？」

「母から連絡があった」

　富野は驚いた。

「お母さんはどこにいるんだ？」

「会社か、外回りか……。どこにいるかは知らない」

「訳がわからない。どこにいるかわからないお母さんが、どうして俺たちのことを知ってるんだ？」

「母も誰かから知らせを受けたんでしょう」

「誰か……？　元妙道の誰かか？」

「もちろん、そうよ」

「俺たちの行動が見張られているということか？」

「刑事さんたちを見張っているわけじゃないでしょう。うちを見張っている誰かが、刑事さんたちに気づいたってことよ」

「ここを見張っている人がいるということか？」

「元妙道の人は見張っているはずよ。たぶん、父が昨日のことを報告したからだと思う」

「昨日のことって、駒繋神社でのことか？」

「そう。相手が真立川流だと思ったら、警察だった。そして、鬼道衆や奥州勢もいた。これは報告しないではいられないわよね」

「どこで誰が見張っているんだ？　そんな気配はまったくないが……」

「元妙道は、どこに潜んでいるかわからないと言ったでしょう。どこか近所の家の窓から見ているのかもしれないし、マンションの一室を借りているのかもしれない」

「君も知らないのか？」

「知らない」

「ご両親も」

「知らないはずよ」

富野は思わず車内から周囲を見回していた。住宅街のいかにも平和そうな光景しか眼に入らない。

その裏で元妙道が活動をしている。

落ち着かない気分になった。天海のグランドデザインとか、平将門の霊力とか、明治維新へのイギリスの影響力とか、表だけを見ていたらとうてい気づかないようなことが脈々と続いている。

歴史には必ず裏がある。

そして、こうした一見平穏な日常にも裏があるのだ。

「ここで見張るよりも、うちに来たほうがいいんじゃない？」

もちろん、窮屈な車の中でじっとしているよりも、そのほうがずっと楽だ。

富野は鬼龍に尋ねた。

「どう思う？」

「富野さんの判断にお任せしますよ」

「そうだな……。じゃあ、そうするか……」

「車はうちの前に置いて」

亜紀はそう言うと、自宅に戻っていった。

有沢が車を亜紀の自宅の前まで移動させると、鬼龍が言った。

「俺は車に残りたいんですが」

富野はうなずいた。誰か一人、外で警戒していたほうがいい。鬼龍が言いださなければ有沢に命じようと思っていた。

「車のキーはつけっぱなしにしておく。運転はできるな？」

「一応……。何かあれば、すぐに連絡します」

「わかった。交替で見張ることにしよう」

富野は有沢とともに、亜紀の自宅に向かった。

17

亜紀の自宅を訪ねた富野と有沢は、勧められてソファに腰かけた。亜紀はダイニングテーブルの椅子に腰を下ろした。

亜紀に訊《き》きたいことはいろいろある。だが、何から、どうやって尋ねればいいのか判断がつかず、富野はしばらく黙っていた。

亜紀が言った。

「西条の行方はわからないの？」

富野はこたえた。

「まだ連絡がない。所在が確認されたら、すぐに知らせがくるはずだ」

「逃走したって、どういうことなのよ」

「言葉どおりだ。送検しようとしたとき、隙を見て逃げ出したようだ。まさか逃げ出すなんて、誰も思わなかったんだろう」

「何やってるのよ」

るのだ。

いちおう謝ったが、富野も同じことを言いたかった。神田署はいったい何をやってい

「面目ない」

だが、橘川にはそんなことは言えない。おそらく、一番腹を立てているのは橘川だ。

富野は続けて言った。

「だからこうして、君たちを守りに来たんだ」

「鬼道衆の黒い人は？」

「鬼龍か？　車で見張りをしている」

「まあ、鬼道衆がいてくれるなら、安心してもいいかもね」

有沢が言った。

「警察よりも鬼道衆のほうが頼りになるってこと？」

「当然」

亜紀が即答したので、有沢はちょっと傷ついた顔になった。

富野は有沢に言った。

「法力とか霊力とかには、俺たちは無力なんだよ」

「あら……」

亜紀が目を丸くした。「刑事さん、トミ氏なんでしょう？」

「正確に言うと、俺は刑事じゃない。それに、トミ氏だが、法力も霊力もない。たぶん

「……」

「私も普段はないよ。必要なときに、特別に適合者の協力で法力を得るんだ。だから、刑事さんもそうなんじゃない？」

「だから刑事じゃないんだ。富野と呼んでくれ」

「わかった。富野さんね」

「俺はあんたらみたいな儀式で法力や霊力を得られるとは思わない」

「あら、やってみなけりゃわからないわよ。元妙道の元になった玄旨帰命壇や立川流を特別だと思わないでよね」

「いやあ、やっぱ特別じゃない？」

有沢が苦笑しながら言った。亜紀がふんと鼻で笑って言った。

「神殿娼婦《しょうふ》って、知らない？」

有沢が聞き返した。

「神殿娼婦……？」

「そう。神聖娼婦とも言う。バビロンのイシュタル神殿とか、昔は多くの神殿のそばで売春が行われていたとヘロドトスが書いている」

「え……？　ヘロドトスって、たしか『歴史』を書いた人だよね」

「そう。その『歴史』の中に神聖売春のことが書かれているわけ。性交は神聖なものだとされていたんだ。バビロンだけじゃない。古代インドだってそうだった」

「あ……。インドはなんとなくわかるような気がする」

有沢が言った。亜紀はそれに構わず続けた。

「メソポタミアや古代インドのそうした風習は、ユダヤ教やキリスト教にも伝えられたの。男を表す上向きの正三角形と、女を表す下向きの正三角形を、重ね合わせたのがダビデの星だと言われている。これって、男女の交わりのシンボルなのよね。マグダラのマリアは神殿娼婦だったという話もあるし……」

それを聞いて、富野は言った。

「ダン・ブラウンの『ダ・ヴィンチ・コード』にそんなことが書いてあったな」

亜紀があっさりと言った。

「小説だからってすべてがフィクションとは限らないからね」

富野は言った。

「たしかに日本でも、性交が神聖なものだとする風習は多いな」

「お祭りではおおいにセックスしたのよ。もともと神々とセックスは近い関係にあるの」

有沢が言った。

「まあ、元妙道の人が言いそうなことだよね」

亜紀は、有沢を睨《にら》むようにして言った。

「私たちは、忘れ去られた本質を呼び戻そうとしているだけよ。性の儀式は間違いなく神聖なものなの」

「そうなんだろうな」

富野は言った。「だが、鬼龍や孝景は別な形で霊力を発揮する。だからきっと、俺に霊力があるとしても、別なきっかけで発揮されるのだと思う」

亜紀は、無言で肩をすくめた。

「そんなことより……」

有沢が言った。「自分は西条がどうやって逃げたのかが気になります」

「それよ」

亜紀が思い出したように言った。「警察がちゃんと見張っていたんでしょう?」

富野は言った。

「油断があったのかもしれないな。まさか、家裁送りの少年が逃げるはずはないという……」

有沢が言う。

「油断があったとしても、自分にはちょっと信じられないんですよね。移送の途中に逃げられるなんて……」

「信じられないことが起きるのが世の中だ」

その富野の言葉に、亜紀も同調する。

「ここんところ、留置されている人が逃げたってニュースが続いたじゃない」

「たしかにそれは否定できないが、そんなことがしょっちゅう起きるわけじゃない。珍しいからニュースになるんだ」

「そりゃそうだろうけど……」

有沢が言った。

「ですから自分にはひっかかるわけです。何か特別なことが起きたんじゃないかと……」

「特別なこと……？」

「普通ではあり得ないことです。例えば、誰かが西条を逃がした、とか……」

「それについては、橘川係長が調べてくれると言っていた」

「身内を調べるわけでしょう？　ちゃんとやれますかね」

「おまえ、それを橘川係長に言えるか？」

「自分、考えたんですよ」

「何を考えたんだ？」

「もし、真立川流の信徒が、神田署の署員の中にいるとしたら、それは誰だろうって……」

「そんなの、わかるはずないじゃないか。おまえ、神田署の署員全員を知っているわけじゃないだろう」

「ですから、これまで会った人の中で考えてみたんです」

富野はかぶりを振った。

「今まで俺たちが出会った神田署員の中に、真立川流の信徒がいるとは思えない」

そのとき、亜紀が言った。

「え、なあに。神田署の中に真立川流の信徒がいるわけ？」

富野は言った。

「君は言っただろう。神田署の中に、元妙道の信徒がいるかもしれない、と……。同じことが真立川流にも言えるんじゃないかと、俺たちは考えたわけだ」

「そいつが西条を逃がしたってわけ？」

「そういうこともあり得るということだ」

有沢がもどかしげに言った。

「疑えば、橘川係長だって疑えるわけです」

「そんなはずはない」

富野は言った。「橘川係長が俺たちといっしょにいるときに、西条が逃げたという知らせを聞いたんだからな」

「電話で知らせが来たんですよね。でも、その電話の内容を聞いたのは橘川係長だけです。自分らと別れて、署に戻ってから西条を逃がしたということもあり得るでしょう」

富野はかぶりを振った。

「いや、それは考えられないな」

有沢が肩をすくめて言った。

「まあ、自分も本気で橘川係長が怪しいと言っているわけじゃありません。ですから、疑おうと思えば誰でも疑える、という話をしているんです。例えば、木原さんだって……」

「木原……？」

橋川の部下だ。ベテラン捜査員で、年齢は橋川とそう変わらないように見えた。

「ああ、覚えてる」

亜紀が言った。「病院で話を聞かれた、あの刑事ね」

富野は苦笑した。

「まさか……」

有沢は亜紀に確認した。

「君は、木原さんに、中大路先生と性交したのは、法力を得るためだって説明したんでしょう？　それが必要な儀式なんだって……」

「したわ」

有沢が富野の顔を見て言った。

「でも、木原さんはそれを橋川係長に伝えませんでした。そして、木原さんは、彼女がＰＴＳＤのせいで、奇妙なことを言っていると主張したんです」

「ありがちなことだろう。常識的に考えれば法力云々《うんぬん》なんて、報告しなくていいと思うだろう」

「木原さんは、橋川係長と長いこといっしょに仕事をしているんでしょう？」

「そのようだな」

「だったら、橘川係長がオカルト好きだってこと、知っているんじゃないですか？　だったら、儀式の話は必ず報告しようと思うはずです」

「いや、それは……」

反論しようとして、富野はそうかもしれないと思った。有沢が言うことはもっともだ。

彼はさらに言った。

「もし木原さんが、池垣さんから聞いたとおりのことを橘川係長に伝えていたら、係長の事件に対する対応は変わっていたかもしれません。でも、実際は、中大路先生をレイプ犯として逮捕・起訴しようとしていたんです」

「たしかに、そうだな……」

富野は、神田署強行犯係の、事件への対応を思い返していた。

「つまりですね、橘川係長は、木原さんのせいで、中大路先生をレイプ犯だと思い込んだってことでしょう」

「あの刑事、何度儀式のことを説明しようとしても、耳を貸さなかった……」

亜紀の言葉にうなずき、有沢が言った。

「耳を貸さなかったんじゃなくて、故意にそれを無視しようとしたのかもしれない」

富野は言った。

「なるほど……。そうすることで、中大路先生が強制性交等罪で逮捕され、身柄を拘束されることを画策した、というのは考えられることだ」

「そうすれば、池垣さんとの儀式を阻止できます。つまり、池垣さんが法力を発揮するのを防げるわけですよね」

富野は笑いをもらした。

「おまえ、法力の話を信じているのか」

有沢は肩をすくめた。

「それを信じるかどうかは、この際置いといて、理屈で言えば、木原さんを疑えるということになるでしょう」

「木原に会ったときからのことを思いだしていたんだが、おまえの言うとおりのような気がしてきた」

「家裁への移送のとき、西条に付き添っていたのは、もしかしたら木原さんだったんじゃないでしょうか」

富野は、即座に携帯電話を取り出して、橘川を呼び出した。

「どうした。何かあったか？」

橘川が出ると、富野は前置きもなしに言った。

「西条を移送するときに付き添ったのは、木原さんじゃないですか？」

「なんだ？　木原がどうした？」

「どうなんです？」

「俺がいない間に送検をするとなれば、当然木原が責任者となるだろう。あいつは巡査部長で、係では一番のベテランだからな。だからって、俺はあいつを責める気にはなれないぞ」

「木原さんが西条に付き添ったんですね？」

「ああ、そうだよ。それがどうした？」

「それで、木原さんは今どこに……？」

「病院で張り込んでいる。西条が中大路を始末しに現れるかもしれないんだろう？」

「病院は地域課に任せたんじゃないのですか？」

「指揮を執る者が必要だろうと言って、木原が自ら志願して出かけた」

「すぐに木原さんの身柄を拘束してください」

「何だと？　どういうことだ」

「彼は真立川流の信徒かもしれません」

「何を……」

橘川は一瞬言葉を失った様子だ。「いったい何を言ってるんだ」

「今説明している時間はありません。とにかく、木原さんを拘束してください」

「ばか言ってんじゃない」

「俺もすぐに病院に向かいます。ですから……」

「病院に行くだって？　そっちの警戒はどうする？」

「鬼龍と有沢に任せるしかないでしょう。木原さんのほうが緊急度が高いんです」

「なんだかよくわからんが、とにかく木原を押さえればいいんだな？」

「はい。会って説明します」

「じゃあ、俺もこれから病院に行く」

電話が切れた。

富野は有沢に言った。

「俺は、病院に行かなければならない。橘川さんに説明する必要がある。鬼龍といっしょにここを頼むぞ」

有沢は少々不安そうな表情でこたえた。

「わかりました」

「ちょっと待って」

亜紀が言った。「私も病院に行く」

富野はかぶりを振った。

「いや、君はここでおとなしくしていてくれ」

「中大路が狙われるかもしれないんでしょう？　じっとしてなんかいられない」

「心配なのはわかるが、危険だから……」

「心配とかそういうことじゃないの。私が法力を発揮しないと、たいへんなことになるのよ。だから、中大路が生きている間に儀式をやらないと……」

富野は驚いた。

「えらくドライな言い方だな」

「将門公のお力は、日本国のために必要なのよ」

有沢が言った。

「たしかに二人いっしょのほうが、警護はしやすいですよ。こっちの勢力も分散しないで済むし……」

亜紀がきっぱりと言った。

「だめだと言われても、私は行くわ。それが私の義務だから」

ぐずぐずしてはいられない。ここで言い争っている時間がもったいない。富野は言った。

「わかった。行こう」

三人が亜紀の自宅を出て、車のところに行くと、運転席の鬼龍が目を丸くした。

「どうしたんです?」

富野は言った。

「病院へ行く。事情は途中で説明する」

「はい……」

鬼龍は困惑した表情のまま運転席から出て、後部座席に移動した。運転席には有沢が座る。富野は助手席に乗った。

後部座席に鬼龍と亜紀だ。

有沢はすぐに車を出した。

鬼龍が尋ねた。

「いったい、何事です？」

富野はこたえた。

「木原が真立川流の信徒かもしれない」

「木原……？」

「神田署強行犯係の捜査員だ。池垣さんから最初に話を聞いたのが木原だ」

すると、亜紀が言った。

「池垣さんじゃなくて、亜紀でいいよ」

「じゃあ、呼び捨てにさせてもらうぞ」

「いいよ」

鬼龍が言った。

「神田署に真立川流の信徒が……」

「この有沢が言い出したことなんだがな……」

富野は有沢と話し合ったことを鬼龍に説明した。話を聞き終わると、鬼龍は言った。

「その木原が、病院で中大路先生を警護しているわけですね」

「殺害するつもりかもしれない」

「病院には孝景がいますね」

「そうだ。連絡しておいてくれ」

鬼龍が携帯電話を取り出した。孝景にかけるのだ。

鬼龍が電話の向こうの孝景に、木原のことを説明している。

やがて電話を切ると、鬼龍が言った。

「孝景は、その木原という刑事に、病院から追い出されたそうです」

「追い出された？」

「警察が警護するので、一般人は出て行けと……」

「追い払われたってことだ。中大路が危ないな……」

「孝景は事情を理解しましたので、おそらく強硬手段を取ると思います」

富野はうなずいた。

「この際、どんな手段でもかまわない。多少の無茶なら俺が橘川係長に掛け合って、なんとかする。とにかく、中大路の安全を確保することが重要だ」

「はい」

運転席の有沢が言った。

「赤色灯出して、サイレン鳴らしましょうよ」

「そうだった。せっかくの覆面車だからな」

富野はダッシュボードの下からマグネット式の赤色灯を取り出し、窓を開けてルーフに取り付けた。

そして、サイレンアンプのスイッチを入れた。さらにペダルを踏み込むと派手なサイレンが響き渡る。

「わあ、これすごい」

亜紀が言うと、鬼龍も言葉を発した。

「初めて経験しました」

「そうだろう」

富野は言った。「俺も少年事件課にいるとあまり経験できないからな」

18

赤色灯とサイレンの効果は抜群で、夕方のラッシュ時にもかかわらず、三十分ほどで外堀通り沿いの病院に到着した。

午後五時で、受付は午後三時に終わるということだから、外来の患者はすでにまばらだった。

警察官の姿もない。

富野たち四人は、中大路の病室に向かった。目的のフロアにやってきたとたん、廊下の騒ぎが眼に入った。

制服を着た警察官たちが、白い男を取り押さえている。

「孝景……」

富野は思わずつぶやいていた。

孝景は、三人の警察官に床に押さえつけられて、わめき散らしていた。

「放せよ。俺は、中大路を助けたんだ。放せって言ってんだろう」

富野はその場に近づいて言った。

「何事だ？」

制服を着た警察官の一人が、嚙《か》みつくように富野に言った。

「なんだ、おまえは」

捕り物のときは誰でも興奮状態にある。勢い態度や口調が乱暴になる。

富野は手帳を出して言った。

「警視庁本部の富野だ。そいつを放してやれ」

「いや、しかし……」

「こいつは何をしたんだ？」

「うちの署の捜査員に殴りかかったんです」

「木原か？」

「そうです」

「それで、木原はどうした？」

「橘川係長といっしょにどこかに行かれました」

「わかった。橘川係長と話をしよう。とにかく、そいつを放してやるんだ」

「傷害と公務執行妨害の現行犯です」

「俺の知り合いなんだ。何か事情があるはずだ。俺が話を聞いておく」

「いえ、これは神田署の事案です。署に連行します」

富野は有沢を見た。有沢が無言で肩をすくめる。

富野は制服警官に眼を戻して言った。

「わかった。連れて行ってくれ」

「おい待てよ」

孝景が大声で言った。「富野、ふざけんな、てめえ。俺は中大路を助けたんだって言ってるだろう。何で連行されなきゃならないんだ。何とかしろ」

制服警官の一人が言った。

「うるさい。静かにしろ」

すでに孝景は手錠をかけられていた。二人の制服警官が孝景の両腕を持って立たせた。

そして、彼を引っぱっていこうとした。

そのとき、廊下の先から誰か近づいてくるのが見えた。

富野は言った。

「木原だ」

その場にいた者全員がそちらを見た。

木原は、足早にこちらに近づいてくる。

いったい何をしようというんだ。

富野は不思議に思った。彼はたった一人、こちらは、制服を着た警察官たちを除いても五人いる。

やってきたところで、何もできないはずだ。だが、真立川流の信徒がどのような能力を持っているかわからない。富野は身構えた。

やがて、木原は立ち止まった。そして、言った。

「捕まえたか？」

制服たちの一人がこたえる。

「はい。確保しました」

「こんなやつにやられるなんて、俺もヤキが回ったかな……。さっさと連れて行け。あとで事情を聞く」

「はい」

彼らはエレベーターのほうに移動していった。引きずられるようにしている孝景がまだわめきつづけていた。

「おい、そいつ真立川流なんだろう。なんでそいつを取り押さえないで、俺が捕まるんだよ。ふざけんなよ」

やがてその声も聞こえなくなった。エレベーターに乗せられたのだろう。

富野は木原に言った。

「誰もいなくなったところで、中大路に近づこうと考えていたのだろうが、そうはいかない」

「何を言っている。中大路が西条に襲撃されるかもしれないんだろう？　俺は警護に来たんだ」

「その西条を逃がしたのは、あんたなんじゃないのか？」

木原は眉《まゆ》をひそめた。

「俺が西条を逃がしたって？　なぜそんなことをしなきゃならないんだ？　西条に逃げられたことで俺たち神田署は大きなダメージを負うことになったんだぞ」

「今孝景が言っていたように、もし、あんたが真立川流だということになれば、いろいろと辻褄《つじつま》が合うんでな」

木原はうんざりした顔になって言った。

「お祓《はら》い師だの妙な宗教だのはもうたくさんだ。強制性交等罪で引っ張れなくなった中大路は今となっては傷害事件の被害者だ。そして、その犯人が逃走した。だから、俺は被害者を守る。それだけだ」

富野の気持ちが揺らぎはじめた。

木原が真立川流の信徒だという確証は何もない。ただ疑おうと思えば疑えるというだけのことだ。

もしかしたら、ただの真面目な刑事なのかもしれない。

そのとき、有沢が言った。

「橘川さんはどこですか？」

木原が表情を曇らせる。

「係長？　さあ、どこだろうな……」

有沢がさらに言う。

「橘川係長があなたを連行していったということですが……」

「ああ、さっきまでいっしょだったが、その先で別れたよ。どこに行ったかは知らない」

富野は電話をかけてみた。呼び出し音は鳴るが橘川は出ない。

電話を切ると、富野は有沢に言った。

「橘川係長を捜してきてくれ」

「はい」

有沢が走り去った。

木原は苦笑を浮かべつつ言った。

「いったい、何だと言うんだ。中大路のところに戻ろうぜ」

「確認が取れるまで、あんたには中大路先生に近づいてほしくない」

「何の確認だ」

「橘川係長が何かを知っているはずだ」

亜紀が言った。

「私、中大路の様子を見てくる」

富野は木原を見たまま言った。

「そうしてくれ」

廊下に残ったのは、木原、富野、鬼龍の三人だけだ。木原が中大路の病室に近づくのを阻止するように、富野と鬼龍の二人が立ちはだかっている形だ。

木原が苛立《いらだ》った様子で言った。

「いつまでこうしているつもりだ？」

富野はこたえた。

「橘川係長本人か、有沢が何か連絡を寄こすまでだ」

「邪魔をするな。これは神田署の事案だ。あんたは引っ込んでてくれ」

「今さら言えた義理じゃないかもしれないがな、これは少年事件なんで俺が担当すべきなんだ」

「なら好きにしてくれ。俺は引きあげるよ」

亜紀が戻って来て告げた。

「中大路は元気だよ」

「当たり前だ」

木原が言った。「俺たちが見張っていたんだからな」

富野は警戒を解かなかった。木原が真立川流の信徒だという確証がほしい。

携帯電話が振動した。有沢からだった。

「どうした？」

「橘川係長を見つけました。使われていないレントゲン検査室の中で倒れていました」

「倒れていた？　生きているんだな？」

「え？　ああ、もちろんです。今、病院の人を呼びました」

「富野か？　貸せ」という橘川の声が聞こえた。富野は言った。

「彼に代わってくれ」

「はい」

すぐに橘川の声が聞こえてきた。

「木原にやられた。中大路は無事か？」

「ええ、無事です」

「木原は？」

「今目の前にいます」

「取り押さえろ。逃がすな。そいつはいろいろと事情を知っている」

「わかりました」

再び、有沢が電話口に出た。

「橘川さんを病院の人に任せたら、すぐにそっちに行きます」

「そうしてくれ」

富野は電話を切った。

木原が富野に言った。

「人と話をしているときに、勝手に電話に出るなんて、失礼なやつだな」

富野は無言で木原に近づいた。あれこれ話をしているときではない。木原を拘束しようとした。

その意図に気づいた様子で、木原は富野の手を振りほどいて逃げようとした。富野はそれを逃がさなかった。しっかりと彼の背広をつかんでいた。

富野は柔道で鍛えている。だがそれは、木原も同様だった。なんとか投げに持って行こうとしたが、なかなかそうはさせてもらえない。

逆に足を払われて、バランスを崩した。その隙に木原は、富野の手を振りほどいた。逃げようとする木原に、富野はタックルした。柔道で言うと双手《もろて》刈りだ。木原が廊下に倒れたが、もつれて同時に富野も倒れた。

廊下で組んずほぐれつの攻防が始まった。寝技はたちまち体力を奪われる。富野は息が上がったが、決して逃がすまいと、必死でしがみついた。

そのとき、ようやく加勢が来た。鬼龍が木原に馬乗りになろうとしている。だが、富野と絡み合っているので、双方を押さえつける形になった。

富野は、木原の手足を引き剥《は》がし、起き上がると腰から手錠を取り出した。そのとき、上になっていた鬼龍が木原から転げ落ちた。

そして、木原が逃走しようとした。彼も必死だ。

「逃がすな」

富野は鬼龍に言ったが無駄だった。木原は追いすがろうとする鬼龍の顔面を殴り、走り去った。

「くそっ」

富野があわててそのあとを追おうとした。そのとき、廊下の角から有沢が現れた。

富野は叫んだ。

「確保しろ」

有沢は驚いた顔で、自分に向かって突進する木原を見ていた。

木原が有沢にぶつかっていく。体当たりで活路を見いだすつもりだろう。

有沢がすっと脇によけた。それを見て、富野は心の中で怒鳴っていた。よけてどうする。

だが次の瞬間、木原がもんどり打って倒れていた。有沢が体をさばきながら、脚を出していたのだ。突進していた木原はその脚につまずいた。

有沢が転んだ木原を押さえつけようとしている。富野はダイビングするように二人を上から押さえつけた。そして、木原の右手に手錠をかけた。

そして、有沢と二人で彼をうつぶせにすると、背中に両手を回し、左手にも手錠をかけた。

木原はようやくおとなしくなった。うつぶせになったまま、彼は言った。

「おい、これは何の真似だ。手錠を外せ。ただじゃおかんぞ」

富野は床に座ったまま言った。

「さっきの電話で橘川さんと話したんだ。取り押さえろと言われたんだよ」

「係長が……?」

「おおかた、あんたが昏倒《こんとう》でもさせて、レントゲン検査室に隠していたんだろう」

有沢が言った。

「橘川係長、そうとう怒ってますよ」

富野は立ち上がり、木原の腕を取った。

「さあ立て。署で話を聞かせてもらうぞ」

有沢と二人で木原を立たせた。彼は何も言わなかった。

有沢に神田署と連絡を取らせ、応援を呼ぶように言った。木原の身柄を運ばせるためだ。

木原の腕をつかんだまま、富野は鬼龍に言った。

「案外頼りにならないじゃないか」

「加勢はしたじゃないですか」

「そうだな。いちおう礼は言っておく」

「相手が狐憑《つ》きとか、霊力で攻撃してくるのでしたら、いくらでも対処しますよ」

富野はうなずいた。

「そのときは、頼むよ」

「俺が連行されるのを黙って見てやがったな。この怨《うら》みは忘れないからな」

孝景が富野に言った。

鬼龍と亜紀、そして有沢を病院に残し、富野は応援部隊といっしょに木原の身柄を神田署に運んだ。

木原を取調室に入れ、拘束されていた孝景を解放させたところだった。

「こうして自由の身になったんだからいいだろう」

「ふん。官憲の側はいつもそういう態度だ。間違って拘束しても、すぐにそれをなかったことにする。けどな、捕まったほうはそうはいかないんだ。制圧すること自体暴力なんだ。つまり、俺はあんたらに暴力を振るわれた。何も悪いことをしていないのに、だ。一方的な暴力だよ。いいか？　逮捕されたり身柄を拘束されたりするだけで屈辱なんだよ。それに対する謝罪は一切ない」

「じゃあ、謝罪するよ。済まなかったな」

「あんたが謝ってもしょうがないだろう。俺を取り押さえた三人にちゃんと謝ってもらいたいね」

孝景の言うとおり、間違って身柄を確保したことがわかっても、警察官は決して謝罪はしない。へたに謝罪すると上司から怒鳴られたり処分の対象になったりする。つまり、警察の体面を保てということなのだ。

また、謝罪すると法的に不利になるということもある。非を認めたことになり、訴えられたときに圧倒的に不利になるのだ。

これは明治時代の「おいこら」からの伝統らしいから、滅多なことでは変わらないだろう。

「俺の顔に免じて、勘弁してくれ」

「あんたの顔のことなんて知ったことか」

「木原を殴ったらしいな。事情はどうあれ、それが事実なら引っぱられてもしょうがない」

「鬼龍から連絡があったんだ。木原は真立川流だって……」

「かもしれない、と言ったはずだ」

「何だって？」

「鬼龍は断言はしなかった。そうじゃないのか？」

「覚えてねえよ」

「木原が真立川流だという疑いは濃い。あいつは橘川係長を昏倒させてレントゲン検査室に隠していたらしい」

「木原はどこにいるんだ？」

「取調室だ。これから話を聞く。おまえにも同席してほしいんだ」

「なんで俺が……」

「おまえは俺より、真立川流について詳しいだろう。協力が必要なんだ」

「とっ捕まえてみたり、協力しろと言ってみたり、警察は勝手だよなあ」

「たしかにそうかもしれない。だが、おまえだって宮内庁に依頼されているんだろう」

孝景が慌てた様子で周囲を見回した。近くに人はいない。

「おい、それは秘密の話だって言ってるだろう。外に洩《も》れたらたいへんなことになる」

「木原が真立川流だとしたら、おまえも話を聞きたいんじゃないのか？」

孝景はしばらく無言で何事か考えている様子だった。富野は彼が何か言うまで待つことにした。

やがて孝景が言った。

「中大路と池垣亜紀はだいじょうぶなのか？」

「亜紀は病院にいる。鬼龍と有沢を残してきた。検査で異常がなければ、橘川もそれに合流するはずだ」

孝景が肩をすくめた。

「そうだな。木原を尋問するには、たしかに俺の協力が必要だな」

富野はうなずいた。

「では、さっそく始めよう」

「けど……」

「けど、何だ？」

「俺の顔を見たら、木原はへそを曲げるかもしれないぞ。顔面を殴ってやったからな」

「相手の感情を揺さぶるのも、尋問の手なんだよ」

「警察はえげつないよなあ」

二人は取調室に向かった。

19

取調室の奥の席にいる木原は、当然のことながら、ひどく不機嫌だった。孝景の顔を見たとたんに、怒りをぶつけてくるのではないかと、富野は思っていた。

だが予想に反して、木原はただ孝景と富野を睨《にら》みつけただけだった。

「じゃあ、聞かせてもらおうか」

富野は言った。「西条を逃がしたのは、あんただな？」

木原は富野を睨んだまま言った。

「どうして、よそ者のあんたがうちの署で、署員である俺を取り調べているんだ？」

「橘川係長の代わりだと思ってくれ」

「ふざけるなよ。だいたい、西条の件は神田署の事案だ。あんたの出る幕じゃないだろう」

「西条の件は少年事案だ。だから俺の出番なんだよ。さあ、時間の無駄だからさっさとしゃべってくれ。西条を逃がしたのはあんたなんだな？」

「知らないな」

「西条を移送するときに、付き添ったのはあんただろう。橘川係長がそう言っていた」

「それがどうした」

「誰かが手引きしないと、移送の途中に逃走なんてできるもんじゃない」

「西条が逃げたことで、神田署は面子《メンツ》を潰《つぶ》した。あんたが言うとおり、俺が移送の責任者だった。ヘマをやったら当然処分を食らうことになる。それがわかっていて、逃がしたりすると思うか？」

「そこなんだよ」

富野が言うと、木原が怪訝《けげん》そうな顔で聞き返した。

「そこ……？」

「そう。西条に逃げられるなんて大失態だ。あんたは責任を取らされることになる。それがわかっていて、どうして逃がしたのか。それが知りたいんだよ」

「だから、俺は逃がしたりはしていないんだよ」

「じゃあ、どうして橘川係長を殴ったりしたんだ」

木原はそっぽを向いた。当の橘川係長が言ったことだ。言い逃れはできないのだ。

眼をそらしたまま、木原は言った。

「そいつがなんでここにいるんだ？」

「そいつ？　この孝景のことか？」

「誰だか知らないが、そいつは俺を殴ったんだ。傷害罪に公務執行妨害罪だ。取り調べをされるのは俺じゃなくて、そいつだろう」

孝景が言った。

「話をそらすんじゃねえよ。俺を中大路から遠ざけようとしただろう。つまり、あんた、俺が何者か知っているってことだ」

「おまえのことなんか知るか。知ってるのは、俺を殴ったやつだってことだけだ」

孝景がさらに言う。

「あんたが西条を逃がす理由は一つだ。あんた、真立川流なんだろう」

木原は孝景に眼をやり、ふんと鼻で笑った。

「なんだ、それは」

「それ以外に、西条を逃がす理由がないんだよ」

「だから言ってるだろう。俺は西条を逃がしてなんかいないって……」

富野は言った。

「もう一度訊《き》くが、どうして橘川係長を殴り倒して、検査室に隠したりしたんだ？　真立川流だってことがばれたんで、強硬手段に出て、中大路の息の根を止めようとしたんだろう」

木原は渋い顔をした。

「冤罪《えんざい》で締め上げられる被疑者の気持ちが、ようやくわかったよ」

孝景が皮肉な口調で言う。

「あんたは冤罪じゃないけどな」

富野は尋ねた。

「あんたはいつから真立川流の信徒なんだ？」

「決めつけるなよ」

木原は言って、富野を見つめた。「俺の言い分も聞いたらどうだ」

「言い分があるなら聞こう」

「橘川係長に腹が立ったのは事実だ。西条が逃げたのは、俺の責任だと言わんばかりの態度だったんでな」

「事実、あんたの責任なんじゃないのか？　逃がしたのはあんただ」

「それで、係長とは言い合いになってな。かっとなって手を出しちまった」

「ごまかすんじゃない。それじゃ説明になっていない。はずみで橘川係長を殴ったのなら、どうして検査室に隠さなければならなかったんだ？」

「まさか、気を失うとは思っていなかった。だから、うろたえちまったんだ」

富野はかぶりを振った。

「不意をつかれたりしなければ、なかなか気を失ったりはしないものだ」

「なんだよ。俺が係長の不意をついたって言いたいのか？」

「そうだ」

木原はまたそっぽを向いた。

孝景が思案顔で言った。

「真立川流としては、神田署に信徒をもぐり込ませるメリットは大きい。神田明神や中大路たちの学校はパワースポットなんだからな。それを監視するには神田署はもってこいだ」

富野は、孝景の言葉について考えながら言った。

「いずれ、あの学校で、元妙道の連中が儀式をやることを、真立川流の信徒たちは知っていたんだ。だから、西条を転校させ、木原を神田署に送り込んだ……」

孝景が言った。

「西条が転校してきたのは、五カ月ほど前だと池垣亜紀が言っていたな。だとしたら、こいつが神田署にやってきたのも五カ月ほど前か……」

「勝手に話を作るなよ」

木原が言った。「俺は二年前から神田署にいる」

富野は尋ねた。

「その前はどこにいたんだ？」

「調べればいいだろう」

「手間を省きたいんだよ」

「大塚《おおつか》署だ。そこでも刑事組対課だったよ」

「そこにいる頃も真立川流の信徒だったのか？　それとも神田署に来てから入信したのか？」

「どうしても俺を、真立川流の信徒にしたいらしいな」

富野はこたえる。

「そう考えると、いろいろと辻褄《つじつま》が合うんでね。あんたは、ヘマをやっちまったんだよ。だから、あきらめて話したほうがいい」

「ヘマをやっただと？」

「そう。病院でのドタバタだ」

急に木原は押し黙った。

富野はさらに言った。

「だから、知っていることを話してくれ」

木原は何も言わない。

孝景が尋ねた。

「真立川流の頭目は誰だ？　中大路の襲撃を計画したのは誰なんだ？」

木原は無言のままだ。

富野は言った。

「今さら、黙秘か」

木原が、はたと富野を見据えた。その眼に異様な光があるように感じられた。その眼を見ていてはまずいと、富野は思った。だが、眼をそらせなかった。

木原の印象が一変した。それまでは、くたびれた中年過ぎの刑事でしかなかった。出世はあきらめたが、現場ではそれなりに頼りになる典型的な所轄のベテラン刑事だ。

それが、妙な迫力をまといはじめたのだ。取調室の中の空気がねっとりとした粘液質に変化していくように感じる。

「黙秘なんかしない」

木原の声がどこか遠くから響くような気がした。「このまま見逃してもらえないとなれば、おまえらも仲間になってもらうまでだ」

木原の気配が強まる。そして、空気がさらにねっとりとした感じになってくる。意識がぼんやりとしてきた。このままだと正気を保てそうにない。

木原は富野たちを仲間にすると言った。一種のマインドコントロールなのだろうか……。富野がそう思ったとき、孝景の声が聞こえた。

「ふん。正体を現しやがったな、亡者め」

亡者……。

泥酔したときのように回らぬ頭で、富野は考えていた。

そうだ。鬼龍や孝景は、狐憑《つ》きなどの霊の憑依《ひょうい》だけではなく、もともとは亡者を祓《はら》うのが仕事だった。

亡者とは、濃密に凝縮した陰の気に取り込まれてしまった者たちだ。陰の気とは、怒り、妬《ねた》み、嫉《そね》み、憎しみ、怨《うら》みなどのマイナスの感情が呼び寄せるエネルギーだ。亡者になると正気を失い、さらに他人をも陰の気に取り込もうとする。

さらに孝景の声が響く。

「相手が亡者なら手加減はしないぜ」

孝景が立ち上がる。

それが視界に入っているが、富野はどうすることもできない。

木原も立ち上がった。

机の向こう側のごく狭いスペースで、二人は対峙《たいじ》した。木原が言った。

「仲間になれ。そうすれば楽しいことが待っているぞ」

孝景がこたえる。

「亡者がよ。言ってろ」

ゆらりと木原が動いた。攻撃をしかけたのだ。

孝景がすっと身を沈める。そして、右の正拳《せいけん》突きをカウンターで叩《たた》き込む。その瞬間に、その場が光った。光は取調室を満たした。

そのあまりのまばゆさに、富野は目を開けていられなかった。

目をしっかり閉じていると、重いものが床に落ちるような音がした。恐る恐る目を開けると、すでに室内を満たしていた光は消え去っていた。

その光は、一般の人には見えない霊的な光だと、鬼龍や孝景に言われたことがある。

それが見えるのは、富野が能力者であることの証《あか》しだと……。

机の向こうに、孝景が立っていた。そして、彼の目の前に、木原が倒れていた。富野は立ち上がり、木原に歩み寄った。様子を見ると、息があったのでほっとした。

孝景が言った。

「祓ったただけだ」

富野は振り向いた。

「亡者になって間もない者や程度が軽い者は元に戻るが、重症の者は祓っても廃人になってしまうんだったな」

「そうだよ」

「木原はどっちなんだ？」

「さあな。意識が戻ればわかる」

「どれくらいで意識が戻るんだ？」

「そんなのケースバイケースだよ。じきに気がつくんじゃねえの？」

孝景の言葉どおり、木原は数分で意識を取り戻した。身を起こすと、頭をはっきりさせようとしているのか、首を振った。

それから立ち上がり、孝景に言った。

「何をしたんだ？」

「ただで祓ってやったんだ。ありがたいと思え」

「祓った……？」

「亡者にされていたんだ。どうやらそれが真立川流の手のようだな」

富野が尋ねた。

「真立川流の手？」

「ああ。亡者がどういうものか知ってるだろう？」

「ああ。陰の気に引かれ、ひたすら陰の気を求めるようになるんだな」

「陰は淫欲《いんよく》の淫に通じる。セックスをする。セックスだよ。亡者が誰かを亡者にしようとしたら、セックスをする。真立川流にはもってこいだ。まあ、簡単に言うと色仕掛けだな」

亡者と性的な交わりをすることで、亡者にされることは知っていた。

富野は木原を見て言った。

「じゃあ、彼は真立川流の女と交わったということか」

「本人に訊いてみればいい。どうやら廃人にはならずに済んだようだ」

あれほど抵抗していた木原が、素直にこたえるだろうか。そう思いながら、富野は木原を見た。

木原はぼんやりした表情だった。彼は富野の視線に気づいた様子で言った。

「座っていいか？」

「ああ」

富野も元の席に戻った。孝景も隣の席に腰を下ろす。

椅子に座ると、木原は戸惑ったように机の上を見つめている。文字通り、憑き物が落ちたような様子だ。

富野は木原に尋ねた。

「あんたは、真立川流の女性と交わったのか?」

こたえないが否定はしなかった。

木原は顔を上げて言った。

「俺はなんであんなことをしたのかわからない……」

「あんなこと……」

木原は再び眼を伏せた。

孝景が言った。

「家庭裁判所に移送するときのことだ。俺が付き添って車に乗せることになっていた。だが、俺は彼を車には連れて行かず、裏口から逃がしたんだ」

「まるで夢を見ていたようだ。亡者だったやつらは、よくそう言うよ」

木原はだらしなく口をあけたまま孝景の顔を見た。それから、力なくうなずいて言った。

「そうだ。今思うと、まさに夢の中の出来事のようだった」

富野は言った。

「真立川流に操られていたってことだ。さっき訊いたことをもう一度訊く。いつから真立川流の信徒だったんだ？」

木原は目を瞬《しばた》いた。

「いつから利用されていたかってことかね？」

「ああ、そういうことだな」

「一年ほど前のことだ。強制性交等罪の被害者だという女性の話を聞くことになった。何度か会っているうちに関係を持ってしまったんだ」

「被害者女性に手を出すなんて、どうかしているな」

「そう。あんたの言うとおりだ。どうかしていたとしか思えない」

「それが実は、真立川流の信徒だったということだな？」

「そうだ。もちろん騙《だま》されたと思った。だが、もう自分ではどうすることもできなかった」

それを聞いて、孝景が言った。

「相手は亡者だったんだろう？　なら、抵抗なんてできないぜ」

富野はうなずいた。

「そうなんだろうな。だからといって、責任を免れるわけじゃない。西条を逃がしたのは事実なんだ」

孝景が付け加える。

「そして、中大路を殺害しようとした」

富野はかぶりを振った。

「それについては、まだ未遂にもなっていないので、罪には問えないな」

「だって、俺たちを排除して病室の中大路に近づこうとしたんだぞ」

「実際に手を下してはいない。頭の中で何かを考えたからといって、それを罰するのはきわめて危険だ」

「ふん。あんた、警察官のくせに共謀罪には反対なのか?」

「ああ、反対だ。余計な仕事が増えるからな」

富野のこたえを聞いて、孝景はにやりと笑った。冗談だと思ったようだ。

木原が言った。

「俺は、係長を殴ったんだな?」

富野はこたえた。

「ああ。覚えていないとは言わせない」

「記憶はあるが、さっきも言ったように……」

「夢の中の出来事のようだと言いたいんだな?」

「そうなんだ」

「橘川係長に、身柄を拘束されそうになった。それで、彼を殴り倒して、中大路を始末しようとした……。そういうことだな」

「ああ……。夢の中でそう考えていた」

「だが、夢ではなく現実だったんだ」

「俺はそれに戸惑っている」

孝景が言った。

「あんたが戸惑っていようがいまいが、俺たちには関係ない。俺が知りたいのは首謀者は誰かってことだ。西条を学校に送り込んだのは、誰なんだ？」

木原はこたえた。

「西条自身だよ」

「西条自身……？」

「そう。西条が真立川流の宗主だ」

富野は驚いた。

「まさか……」

木原はさらに言った。

「西条宗主の計画は、おそらくあんたらが考えているよりもずっと大きなものだ」

「大きなもの……？　元妙道の動きを察知してそれを阻止しようとしただけじゃないのか？」

「そもそも元妙道が動きはじめたのは、西条宗主の計画を知ったからだ。元妙道は諜報《ちょうほう》活動に長《た》けていて、常に真立川流の動きをチェックしていたようだ」

「その西条の大きな計画というのは何だ？」

「東京に災害を起こすこと」

「何だって……」

富野は思わず聞き返した。「テロというのなら話はわかるが、災害を起こすってのはどういうことだ？」

「近年、日本列島は大きな災害が続いている。阪神《はんしん》・淡路《あわじ》大震災、東日本大震災、西日本の水害、そして北海道胆振《いぶり》東部地震……。日本各地がたいへんなことになっているが、首都圏にはほとんど災害がない。台風すら滅多に直撃しない」

「たしかにそうだが……」

「政府の主だった機関やテレビのネットワークのキー局や大手の出版社などが東京に集中している。だから、地方でどんな災害が起きようが、どこか他人事《ひとごと》なんだ。政府も災害対策をしていると言いながら、とても必死とは言えない。自分たちが被災していないからだ。だから、日本を本当に改革するためには、もう一度関東大震災が必要なのだと、西条宗主は考えたわけだ」

「地震なんて自由自在に起こせるもんじゃないだろう」

「東京に災害がないのには理由がある。元妙道の連中からすでに話は聞いているかもしれないが、東京は霊的に守護されているんだ」

「平将門の霊力だろう」

「それだけじゃない。富士山《ふじさん》や日光二荒山《ふたらさん》から気が流れ込んでいる。それが、東京湾に流れていて、この気の流れが東京を守っている。それを含めて江戸の町を霊的に守護するように基本設計したのが天海上人だ」

「その話も聞いている。将門の霊力を利用しようと考えたのも天海だろう」

孝景が言った。

「もっとも二荒山からの気の流れは遮られて滞っているがね……」

富野は尋ねた。

「滞っている？」

「そう。汐留《しおどめ》とか、臨海地区にビルが乱立しているだろう。あれがその気の流れを堰《せ》き止めちまってるんだ。今にとんでもないことが起きるって、その筋の連中は言ってる」

「その筋の連中？」

「霊力とか風水とかに明るい連中だ」

富野は木原に言った。

「だんだん話が見えてきたぞ。西条の計画というのは、その霊的な守護を外しちまうってことなのか？」

木原はうなずいた。

「完全になくすことはできなくても、弱めることはできる。西条宗主はそう考えた。そして、それを阻止するために元妙道が動いた。そういうわけだ」

20

「どうやって……？」

富野は尋ねた。「どうやって霊的な守護を弱めるんだ？」

木原は肩をすくめた。

「俺は宗派の中では下っ端だ。どうやればそんなことができるかは聞かされていない」

富野は言った。

「何か、手がかりになるようなことを耳にしたりはしていないのか？」

「天海に対抗する者たちが昔からやってきたことをやるだけだと、西条は言っていた」

すると、孝景が言った。

「だいたい想像はつくな……」

富野は孝景に尋ねた。

「想像がつく？　どういうことだ？」

「将門封じの結界を利用するってことだろう」

「なるほど……」

木原が言った。

「何をどうやるのかは知らない。だが、もうすでに影響は出ているはずだ」

富野は尋ねた。

「どういう影響が出ているというんだ？」

「近々、東京を中心とする大地震が来るという噂が広まりつつある」

孝景が言う。

「そんな噂は、いつだってあるじゃないか」

「そう。何度か噂が流れ、その予想が外れていつしか忘れられる。だが、いつかは的中するかもしれない。だから、一般の人たちは、またかと思いながらも、気にせずにはいられないんだ。それがもし、的中したらたいへんなことになる」

「ふん。的中なんてしねえだろ」

「西条宗主はそう思っていない。そして、元妙道の連中も……。だからこそ、元妙道は動き出したんだ」

孝景が眼をそらして何事か考え込んだ。

富野はそれに気づいて尋ねた。

「何か気になることがあるのか？」

「たしかに、ネットでは一部で話題になっている。九月二十二日に大地震が来るってな」

「今日が十八日だから、四日後じゃないか」

「もう一つ、気になることがある。台風だ」

「台風……？」

「台風が赤道付近で発生して、北に進んでいる。その進路予想を見ると、ちょうど二十二日頃に関東を直撃する恐れがある」

「台風……」

そんなことは気にもしていなかった。

「そうだよ」

孝景が言った。「週末に台風が関東に接近するというんで、ワイドショーなんかでさかんに注意を呼びかけている」

富野は言った。

「ここ二、三日、テレビも見ていないからな……」

孝景が言った。

「大地震と台風が同時に首都圏を直撃したら、人口が集中しているだけに被害は甚大だ。まあ、西条が考えるように、それでようやく政治家や官僚たちの目が覚めるかもしれないがな」

富野は孝景に言った。

「無責任だな。ある筋からの依頼は、そういう事態を恐れてのことじゃないのか」

「へぇ……」

孝景が面白そうに言う。「あんた、将門の霊力とか信じてるわけ?」

「俺が信じているかどうかは問題じゃない。それを信じて行動している者たちが、傷害事件を起こしたり、人を殺そうと考えたりしていることが問題なんだ。そして、傷害事件を起こした少年が逃走している。その理由が、東京の霊的な守護を弱めようと計画していることだというのだから無視はできない」

「呪護《じゅご》だ」

「何だって?」

「呪文の呪に、守護の護で、呪護。俺たちはそういう言い方をする」

「なるほど、呪護か」

「じゃあ、あんたは、呪護を巡って対立する者たちがいることは認めて、あくまでもそれに警察官として対処しようというわけだな?」

「それしかないだろう」

「それしかない訳じゃない。トミ氏として関わる方法もある」

富野はかぶりを振った。

「そっちの方面は、おたくらに任せるよ」

孝景が何か反論しようとしたので、富野は言った。

「ただし、協力はする。できる範囲でな」

孝景はどこか不満そうだが、取りあえずは反論をやめたようだ。そして、言った。

「この人のことは、どうするんだ？」

そう言われて、木原は不安そうに富野を見た。

「亡者のことを、橘川係長に説明しても、納得してもらえるかどうかわからないな……」

富野の言葉に孝景が言った。

「あの人なら理解するんじゃねえの。あんたより話がわかりそうだよ」

「そうかもしれない。とにかく話してみる。どうするかは、橘川係長次第だな」

「下駄《げた》を預けるってわけか」

「もともと俺がどうこうすべき問題じゃない。俺の当面の役目は西条を無事に送検することだ」

孝景はつまらなそうに肩をすくめた。

富野は、木原に言った。

「そういうわけで、橘川係長と話をするまで、しばらく身柄を拘束したままになる」

木原がこたえた。

「まあ、しょうがないな……」

取調室を出ると、富野は有沢に電話してみた。

「そっちはどうだ？」

「特に変わりありません。中大路さんも元気です」

「鬼龍はそばにいるか？」

「ええ」

「ちょっと代わってくれるか」

「お待ちください」

すぐに、鬼龍の声が聞こえてきた。

「はい、どうしました？」

「木原だがな、真立川流の連中に、亡者にされていた」

「亡者……。はははあ、その手がありましたか」

「真立川流の宗主は、西条だった」

「え、西条が……」

さすがの鬼龍も驚いた声だった。

「木原が教えてくれた」

「なるほどね……」

鬼龍が言う。「有沢さんが言ってましたよね。元妙道の信徒は何人も姿を見せているのに、真立川流のほうは西条一人しか姿を現していない、と……。それで納得がいきますね。宗主自ら行動していたわけです」

「西条は、何か大きなことを計画しているらしい」

「天変地異に関わることのようだ。孝景がいっしょに話を聞いていたから、詳しくは彼から聞いてくれ」

「大きなこと？」

「わかりました。それで、亡者は孝景が祓《はら》ったんですね？」

「ああ。それは済んだ」

「わかりました。孝景に電話してみます」

また有沢に代わった。

富野は言った。

「おまえ、ネットとかけっこう利用しているよな」

「まあ、人並みに……」

「東京で地震が起きるって噂、知ってるか？」

「ああ、けっこうSNSとかで話題になってますね。九月二十二日でしたっけ……」

「それ、詳しく調べておいてくれ」

「え……。詳しく調べるも何も、ただの噂ですよ。これまでも同じようなことが何度もあったんです」

「狼少年と同じでな、何度目かに本当に起きることだってあるんだ」

「もしかして、それって、真立川流や元妙道と関係があるんですか？」

「あるかもしれない」

有沢があきれたような口調になった。

「だとしたら、あの連中は信憑性《しんぴょう》のない噂に惑わされて傷害事件なんかを起こしたってことじゃないですか」

「信憑性があるかないかは、俺たちに判断できることじゃないだろう。ネット上で地震予知の専門家なんかが、何か発言していないのか。そういうの、調べておいてくれ」

「わかりました」

「橘川さんはどうしている？」

「検査をして異常がないということだったので、自分らといっしょに病院の警戒に当たっています」

「話があるんで、署に戻れないかどうか訊《き》いてみてくれ」

「了解しました」

富野は電話を切った。

孝景が言った。

「さて、これからどうするんだ？」

「西条を捜す」

「どうやって？」

「通常の警察のやり方だよ。逃走犯を追跡するんだ」

「愛媛・広島でも大阪でも、逃走犯はなかなか捕まらなかったがね」

「そういうことを言うと、警察に睨《にら》まれるぞ」

「別に気にしねえよ」

　二人は刑事課に向かった。

　強行犯係に来ると、三十代前半の私服が電話の応対をしていた。電話を切るのを待って、富野が言った。

「生安部少年事件課の富野だ。あんたは？」

「あ、強行犯係の高沢啓一《たかざわけいいち》といいます」

「西条の件がどうなっているか訊きたいんだが……」

「係長も先輩もいないので、てんてこ舞いですよ」

「係長は被害者が入院している病院にいる。木原さんは、ちょっと事情があって身動きが取れない。他の捜査員は？」

「緊配です」

　緊急配備がかかると、地域課を中心とした係員が、手がけている仕事をいったん棚上げにして、所定の位置に移動して警戒に当たらなければならない。非番の者が呼び出されることも少なくない。

「発生署配備か？」

「はい、そうです」

緊急配備には、発生署配備、指定署配備、高速道路配備、鉄道配備などいくつか種類がある。

発生署配備は、事件現場を管轄に持つ警察署による緊急配備だ。

孝景が言った。

「緊急配備ってことは、西条を逃がしたことを隠蔽《いんぺい》せずに、ちゃんと報告したということだな？　最近の警察にしちゃ感心じゃねえか」

富野はこたえた。

「それで普通なんだよ」

それから、高沢に尋ねた。「それで、どんな様子なんだ？」

「署活系の無線連絡が入るたびに、ラジコン席から電話が来るんですが、今のところ、行方はわかりません」

孝景が言った。

「木原に訊いてみればいいんじゃないのか？」

それを聞いた高沢が怪訝《けげん》な顔をした。

「木原さんが、何か知っているのですか？」

富野は孝景を睨んでから言った。

「いや……。最後に西条に会ったのは木原さんだろう？　だから、何か心当たりがあるんじゃないかってことだよ」

「病院に現れるかもしれないと言って、木原さんはそっちに向かったんですけど……」

「ああ。俺たちは病院で彼に会ったんだ」

「今どこにいるんです？」

「署内にいるが、さっき言ったとおり、事情があって身動きが取れない」

「署内にいるんですか？　助けてほしいですよ」

「俺たちが手伝うよ」

高沢が孝景を見て尋ねる。

「そちらの方も、警察官ですか？」

「いや」

富野はこたえた。「俺の協力者だ」

高沢が言った。

「とにかく猫の手でも借りたいですよ」

それからしばらく電話の応対に追われた。だが、西条の行方はつかめない。

午後七時半を回った頃、橘川係長が強行犯係に戻って来た。その姿を見た高沢がほっとした表情で言った。

「係長……。戻って来てくれたんですね」

橘川が高沢に言う。

「なんだ、その情けない顔は……」

「情けない顔にもなりますよ。誰も戻ってこないんですから……」

富野は言った。

「彼は孤軍奮闘だったんですよ」

橘川が富野を見て言った。

「何か話があるということだが……」

富野はうなずいた。

「どこか落ち着いて話ができるところがいいんですが……」

「取調室にでも行くか」

冗談かと思ったがそうではないようだ。結局、先ほど木原から話を聞いていた取調室に戻った。

橘川が、孝景がいっしょなのを見て言った。

「どうして、彼が来るんだ？」

「孝景もいっしょに木原さんから話を聞いたんです」

今度は富野と孝景が奥に座った。被疑者の席だ。橘川が尋問者の席に座る。なるほど、この席に座ると落ち着かない気分になると、富野は思った。

「昏倒《こんとう》していたということですが、だいじょうぶなんですか？」

「ああ。ほんの短時間気を失っていただけだ。木原はどうしているんだ？」

「取りあえず、身柄を拘束していますが、今後の扱いは橘川係長次第です」

「俺を殴り倒したんだからな。ただでは済まされない」

「彼から話を聞きました。西条を逃がしたのは、木原さんのようです」

「つまり、木原が真立川流の信徒だったということだな」

「そういうことです。ただし……」

「ただし、何だ？」

「木原さんは、正気ではなかったのだと思います」

「正気ではなかった？」

「はい」

富野は、木原が真立川流の女信徒によって、亡者にされていたことを話した。

説明を聞き終わると、橘川が言った。

「亡者だって？　陰の気の虜《とりこ》になると、正気を失うってのか？」

「そのへんの事情については、孝景が詳しいんです」

橘川が見ると、孝景が言った。

「程度にもよるがね。普通、夢を見ているように現実感がなくなる。自分は夢の中にいるんだと思い込んで、実際にヤバいことをやってしまったりする」

「ヤバいこと……？」

「まあ、たいていセックスがらみだね。亡者が誰かを亡者にする手段は、たいていセックスだ」

橋川が言う。

「そいつは、真立川流の教義と一致するじゃないか」

「真立川流は陰の気を利用しているのかもしれない。信徒の中にはかなりの割合で亡者がいるんじゃねえの？」

「それで、あんたは、その亡者を祓うわけだな？」

「鬼龍も俺も、もともとはそれが仕事だ」

橋川は、肩をすくめて言った。

「話の相手が俺でよかったな。他の署員ならそんな話は信じようともしない」

富野はうなずいた。

「そうでしょうね」

「西条が何か大きなことを計画しているということだな」

「そうです。誰から聞きました？」

「鬼龍だ。大きな計画って、いったい何だ？」

富野は、地震の予言と台風が近づいていることを話した。

「……大地震と台風が同時に襲ってきたら、首都圏はほぼ壊滅状態となるでしょう。そうなることで、ようやく政治家や官僚が全国の被災地の復興に本気になるということです」

橋川は思案顔で言った。

「東京は、将門の霊力で守られているんだろう？　そして、明治政府はその力を封印しようとした。元妙道が将門の側で、真立川流は明治政府側……」

富野は言った。

「しばらくは、将門の霊力とそれに対する結界が、いいバランスを保っていたのでしょう。西条の計画でそのバランスが大きく崩れようとしている。だから、宮内庁の式部職が奥州勢を通して孝景に、バランスを取るようにとの依頼をしたのだと思います」

橘川がさらに考え込んだ。

「将門の霊力を弱めることで、東京に災害が起きるということか」

富野はこたえた。

「西条はそう考えているのでしょう」

「しかし、どうやって将門の霊力を弱めるつもりだ？」

孝景が言う。

「既存の結界なんかを利用するんだろうと思う」

そのとき、孝景の携帯電話が振動した。彼は着信の表示を見た。

「鬼龍からだ」

電話に出た孝景はすぐに「何だって」と声を上げた。鬼龍との通話を終えて電話を切ると、孝景が言った。

「病院に西条が現れたそうだ」

橋川と富野は同時に立ち上がった。橋川が言った。

「病院へ戻るぞ」

21

富野、橘川、孝景の三人が病院に到着したのは、午後八時十五分頃のことだった。西条発見の知らせを受けて、別動隊も病院に向かっているはずだった。

夜間受付を通ろうとすると、受付の窓口から「面会時間は終わりました」と言われた。見ると、警備員の制服を着た高齢の男が富野を見ていた。

それで、警察手帳を出さなければならなかった。

「ああ、警察を呼ぼうかどうか、迷っていたところです」

警備員の言葉に、富野は尋ねた。

「どうしました？」

「面会時間が終わったので、退去を求めたのですが、どうしてもそれに応じない面会者がおりまして……」

たしかに、認められない時間に勝手に施設に居座るとなれば、不退去罪になる。

富野と橘川は顔を見合わせた。退去しない面会者というのは、亜紀や鬼龍たちのことに違いない。それに西条が含まれているはずだ。

富野は言った。

「行ってみましょう。どこです?」

警備員は、案の定中大路の病室の場所を告げた。三人は病室に向かった。

孝景が言う。

「東京が大惨事に見舞われようってときに、面会時間のことを、ああだこうだ言ってるんだな」

富野がこたえた。

「それが彼らの仕事なんだ」

「大地震と台風がいっぺんにやってきたら、面会時間もへったくれもないぜ」

「いざそうなるまで、誰もそのときのことは考えない。日常ってのは、そういうもんだ」

「西条たちは、その日常ってやつに眼をつけやがったんだな」

病室の前まで来ると、たしかに揉《も》めている様子だった。

病室の出入り口をふさぐように、亜紀と鬼龍、そして有沢が立っている。それと対峙《たいじ》している若者がいる。富野たちのほうに背を向けているが、間違いなく西条だ。

そして、彼らの間に入るように警備員が二名いた。

橘川が言った。

「西条、逃走の罪で現行犯逮捕だ」

西条がゆっくりと振り向いた。間違いなく西条だ。だが、これまでとは驚くほど印象が変わっていると、富野は感じた。

最初に会ったときは、おどおどした少年だった。そして、次第にしたたかな印象に変わりつつあったのだが、今目の前にしている西条は、明らかに邪悪な存在に見えた。世の中すべてを呪うように不敵な笑みを浮かべている。

その姿を見て、孝景がつぶやくように言った。

「正体を現しやがったな、外道め……」

富野が西条に眼をやりながら、孝景に尋ねた。

「西条は亡者なのか?」

「ああ。強力なやつだ。おそらく、外道の元締めだ」

「つまり、こいつが真立川流の中で亡者を増やしていったということか?」

「そういうことだろうな。セックスを媒介としてな」

そのとき、亜紀や鬼龍らと西条の間にいた警備員たちの一人が言った。

「逃走の罪だって?　どういうことだ?」

もう一人が言う。

「何だか知らんが、また人が増えたのか。いい加減にしてくれ。面会時間が終わったんだから、さっさとここを出るんだ」

富野と橘川はほぼ同時に警察手帳を出して掲げた。

橘川が言った。

「そこにいるのは、送検の際に逃走した犯人だ」

警備員たちが驚いた様子で西条を見た。

「逮捕するんだな」

警備員の一人が言う。「手を貸そうか？」

橘川がかぶりを振る。

「ここは俺たちに任せて、また逃走しないように建物の出入り口を固めてくれると助かる」

二人の警備員は顔を見合わせた。この場を去っていいものかどうか、判断がつきかねているのだろう。

そのとき、高沢が地域課の制服を着た係員二名を連れて駆けつけた。その姿を見て、警備員たちは、自分たちは無用と考えたようだった。

「では、私たちは下に……」

「お願いします」

橘川が言うと、二人の警備員は駆け足でその場を去って行った。橘川が、高沢たちに言った。

「おまえたちも、下で出入り口を固めてくれ」

高沢が驚いたように言った。

「すでに拘束したんですか？　手錠をかけましょうか？」

橋川がこたえた。

「それは俺がやる。下で警備員たちと手分けして出入り口を固めるんだ」

高沢は躊躇《ちゅうちょ》していたようだが、係長の指示には逆らえない。やがて彼は「わかりました」と言って、地域課係員二人とともにその場を去って行った。

西条が言った。

「人ばらいをして、どうするつもりだ？」

橋川が言う。

「別にどうもしない。逮捕するだけだ」

西条は笑みを浮かべたままだ。

「今ここで捕まるわけにはいかないな」

「そっちの都合に合わせちゃいられないんだよ」

橋川が無造作に近づこうとした。そのとき、孝景が言った。

「気をつけなよ」

橋川は構わず西条に手をかけようとした。その瞬間に、橋川の体が後方に弾《はじ》き飛ばされた。車に撥《は》ねられれたような勢いだった。

橋川は、廊下にもんどり打って倒れ、そのまま動かなかった。先ほども木原に殴られて気を失ったばかりなので、富野は橋川が心配だった。

だが、今は西条から眼を離すわけにはいかない。西条の向こう側には、亜紀、有沢、そして鬼龍がいる。

こちら側には富野と孝景。前後で西条を挟んでいる状態だ。この態勢を変えたくはなかった。

富野は西条に言った。

「中大路を始末しに来たのだろうが、目的は果たせなかったようだな」

西条は余裕の表情だった。

「目的が果たせなかった？　そうかな……」

「将門の霊力を封印するために、結界を活性化させるのがおまえの目的なんだろう？　そのために、元妙道が邪魔だったのだろうが、ご覧のとおり、中大路も亜紀も無事だ」

西条は肩をすくめた。

「たしかに、誤算はあったな……」

「誤算？」

「そう。鬼道衆と奥州勢は誤算だった。でも何とかなるよ」

孝景が言った。

「ふざけるな、亡者。すぐに祓《はら》ってやるよ」

西条が孝景に言った。

「亡者って何のことだ、奥州勢」

「おまえみたいなやつのことだ。俺たちは外道と呼んでいるがな」

「亡者だ外道だと、失礼千万だな。われわれ真立川流は、この国をよりよくするために努力しているのだ」

「東京《うみ》をめちゃくちゃにすることが、この国をよくすることなのか？」

「膿を出すための手術が必要なのだ」

西条はもはや、高校生の雰囲気ではなかった。彼はこの年で、真立川流の宗主なのだ。

鬼龍が言った。

「亡者となることで、真立川流の実権を握ったんだな？」

西条が、ゆっくりと鬼龍のほうを向いた。

「返すがえすも失礼な連中だ。俺は選ばれた人間なんだよ」

孝景がふんと鼻で笑ってから言った。

「自分で、選ばれた人間、なんて言うやつはろくなもんじゃない」

西条が鬼龍のほうを向いたまま、孝景の言葉にこたえた。

「実際にそうなんでね」

孝景がさらに言う。

「外道のボスキャラがよく言うよ。おまえは、真立川流が性交を儀式とすることを利用して、外道を増やしていった。そういう方法で教団を乗っ取ったんだろう」

「目的が正しければ、手段は正当化される。それが歴史だ」

その西条の言葉に対して、鬼龍が言った。

「それは違う」

「ほう、どう違うと言うんだ？」

「邪悪な手段を用いれば、目的そのものも邪悪なものと見なされるんだ」

「見解の相違だな」

「亡者なら、祓わなければならない」

鬼龍の眼差《まなざ》しが鋭くなる。いつも茫洋《ぼうよう》としていて捉《とら》えどころのない印象だが、にわかに凛《りん》とした雰囲気になった。

そのとき、富野は言った。

「待て」

富野はその場の注目を浴びつつ、言葉を続けた。「祓えば、亡者だった間の記憶がなくなることもあるんだったな。さらに、廃人になってしまう危険も……」

孝景が言った。

「外道の度合いにもよるがね。こいつ、相当に重症だから、祓えば廃人になることもあり得る」

「それでも祓わなきゃならないんだな？」

「ふん。外道は見逃せねえよ」

「じゃあ、その前に聞き出しておかなければならない。どうやって将門の霊力を封じるのかを……」

　孝景があきれたように言う。

「訊《き》いてこたえると思うか？」

　その問いにこたえたのは、富野ではなく西条だった。

「こたえるさ」

「なんだって？」

「隠す理由なんてないからな。隠したところで、どうせ、元妙道のそいつは知っているんだからな」

　西条は亜紀を見ていた。亜紀は、怒りの眼差しを彼に向けている。

　富野は言った。

「彼女はへたなことをしゃべると、仲間に殺されると言っている。だから俺は彼女から聞き出そうとは思わない。おまえに訊きたいんだ。どうやって将門の霊力を封じようと言うんだ？」

「簡単なことだ。すでに魔方陣や結界が作られているからね。それを活性化させればいいだけのことだ」

「魔方陣というのは、靖國神社を中心とする五つのパワースポットだな……」

「さすがにトミ氏だね。よく知っている」

「別にトミ氏だから知っているわけじゃない。教えてもらったんだよ」

「靖國神社、谷中霊園、築地本願寺、青山霊園、そして雑司ヶ谷霊園の五つのパワースポット。それが魔方陣だ」

背後で声がして、富野は思わず振り向いた。橘川が近づきながら、続けて言った。

「そして時代が下り、さらに強力な結界が必要となった政府は、国鉄山手線を造る。古来から鉄は魔力や霊力を封じると言われている。鉄道というのはそのまま結界になり得るんだ」

富野が橘川に尋ねた。

「だいじょうぶですか?」

「ああ、もちろんだいじょうぶだ。あの程度でだめになるほどやわな鍛え方はしていない」

西条が意外そうな顔で、橘川を見ている。

「この刑事も、鬼道衆か奥州勢なのか?」

孝景が、かぶりを振った。

「そうじゃないが、素人にしてはけっこう詳しい」

富野が西条に尋ねた。

「おまえたちは、その五つのパワースポットによる魔方陣と、山手線の結界を利用するわけだな」

西条はあっさりと肯定した。

「まあ、そういうことになるな」

「具体的には、どういうふうに利用するんだ？」

「霊力の強い信徒をすでに配置してある。俺が警察に捕まると、すぐに信徒たちが動き出した」

　孝景が言う。

「あの木原もその中の一人というわけだな」

「そう」

　西条は薄笑いを浮かべたままうなずいた。「彼は重要な役割を担っていた。なんせ、俺を自由の身にしなければならなかったんだからな」

　富野は疑問を口に出した。

「霊力の強い信徒を配置したって……。そんなことで魔方陣や結界が活性化するのか？」

「霊力にもよるが……」

　孝景がこたえる。「そういうパワーはあなどれない。それに、外道は時になかなか強力な霊力を発揮する」

「ああ」

　橘川が言う。「身をもってそれを学んだよ」

　富野は言った。

「すでに信徒を配置したということは、もう魔方陣や結界の活性化が始まっているということか……」

西条は、笑みを浮かべたまま何も言わない。富野はさらに言う。

「つまり、将門の霊力は封印されてしまうということだ。そうなれば、東京を大惨事が襲うことになりかねない。大地震の噂が立っていることや、台風が近づいていることも、当然関係あるだろう」

橘川が言う。

「東京を、災いから守っていた将門の霊力が封じられたら、これまでのようにはいかなくなるだろうな……」

富野はうなずいて言った。

「台風が直撃する最中《さなか》、大地震が起きるかもしれない」

孝景が言う。

「くそっ。これから信徒を捜しに行っても間に合わないだろうな」

橘川が言う。

「人相風体もわからずに、真立川流の信徒を捜し出すことは、ほぼ不可能だ」

「彼が余裕の表情なのは……」

鬼龍が言った。「すでに目的を達成したと考えているからなんだ」

富野は言った。

「俺たちには、もう魔方陣や結界の活性化を止められないということか?」

「そういうことかもな」

孝景が言った。「悔しいが、対抗する手段がない」

「ようやく理解してくれたようだね」

西条が言った。「そう。もう手遅れなんだよ。だから、逮捕でも何でもしてくれていい」

富野は橘川と顔を見合わせていた。

俺たちは負けたのか……。富野は思った。たしかに、孝景と橘川が言うように、これから真立川流の信徒を捜し出すことは不可能だ。西条はすでに手配を終えたのだ。

何か手はないのか。何か……。

そのとき、亜紀が言った。

「嘘よ」

富野は思わず亜紀を見つめていた。他の連中も同様だった。西条も亜紀を見ている。

富野は続く亜紀の言葉を待った。

「西条は嘘を言っている」

西条がまた薄笑いを浮かべる。

「何が嘘だと言うんだ？」

「すでに手遅れだというのが……」

亜紀の言葉に西条が反論する。

「嘘ではない。信徒はすでに配置についている。その霊力によって魔方陣と結界を活性化させる。将門の霊力は封じられるのだ」

「だったら、どうして病院にやってきたの？」

亜紀を見る西条の表情は変わらない。だが、すぐに返事がなかったことで、動揺していることがわかった。

富野は、慎重に西条を観察していた。

「たしかに、亜紀が言うとおりだな」

孝景が言う。「信徒を配置して、準備万端なら、捕まる危険を冒して病院にやってくる理由はない」

西条が亜紀に向かって言う。

「俺は、いつでも好きなところに行ける。そして、好きなことができる。病院にやってきたのは、元妙道に敗北を知らしめるためだ」

「それが嘘だと言ってるのよ」

亜紀が言った。「私と中大路が邪魔なんでしょう」

「たしかに邪魔だが、脅威ではない。もはやおまえたちの敗北は明らかだ」

「私たちが脅威だから、中大路を殺しにやってきたんでしょう？」

「どうして俺が、今さら中大路を殺さなきゃならないんだ？　もう、おまえたちなんかに用はない」

「そんなこと言ってるけど、病院にやってきたのは事実よね。中大路を殺して、私が法力を発揮するのを妨害しようと考えたんでしょう？　つまり、元妙道が考えていることは、まだ有効だということね」

「あきらめろ」

いつしか西条の顔から笑みが消えていた。「すでにおまえたちは負けたんだ。もう何をしても無駄だ」

「そうじゃない。私が中大路と儀式をして、法力を発揮するのが恐ろしいんでしょう。だからあんた、逮捕される危険があるにもかかわらず、病院に来なきゃならなかったのよ」

鬼龍が言った。

「どうやら、亜紀さんが言うことが正解のようですね」

西条が鬼龍を見た。その顔に不敵なほほえみが戻っていた。

「だから何だと言うんだ？」

彼は一歩、鬼龍たちに近づいた。つまり、病室の出入り口に近づいたのだ。「おまえたちが何を言おうと、俺はやるべきことをやらせてもらうだけだ」

22

鬼龍は西条を見つめたまま、その場を動かない。そして、言った。

「悪いが、祓《はら》わせてもらう」

鬼龍は、人差し指と中指を合わせて突き出した。これは剣を表すのだそうだ。

その二本の指を西条に向けて、「ヒ・フ・ミ・ヨ……」と祝詞《のりと》を唱えはじめた。

いつだったか鬼龍から説明を受けたことがある。数霊《かずたま》、言霊《ことだま》というのは、立派な祝詞になるのだという。

「甘いな……」

孝景がつぶやくのが聞こえた。

「え……?」

富野が思わず孝景を見たとき、西条が鬼龍に向かって突進した。

先ほどの橘川同様に、鬼龍の体が吹っ飛んだ。鬼龍は廊下に後ろ向きに倒れ、そのまま後方回転した。

有沢が驚いた表情で立ち尽くしている。今や、有沢と亜紀の二人が病室の出入り口を守っているに過ぎない。

孝景が歩み出て、背後から西条に手をかける。

「相手はこっちだ」

西条はふり向きざまに右手を突き出した。孝景は身をかわした。相手の攻撃を予期していたようだ。

だが、やはり孝景も後方に突き飛ばされていた。

西条の手が孝景に触れたようには見えなかった。それは、鬼龍のときも、また、橘川のときも同様だった。おそらく、超自然的な力なのだろうと、富野は思った。

これまで、何かに憑依《ひょうい》された者が、通常では考えられないような怪力を発揮するのを、富野は何度か目撃している。

有沢が、亜紀をかばうように、西条の前に立ちはだかった。西条は、面倒臭そうに右手を横に払った。まるで、飛んでいる虫を追いやるような仕草だった。

そのとたんに、有沢が飛ばされた。彼は真横に飛び、廊下の壁に激突した。

「くそっ」

いち早く立ち上がったのは孝景だった。「外道が、ふざけやがって」

彼は姿勢を低く保ち、西条に近づいた。

西条が再び右手を突き出す。

「何度も食らうかよ」

孝景は、野球のスライディングのように廊下に身を投げ出した。そして、西条の目の前で起き上がると、空手の逆突きのような体勢で右の拳《こぶし》を突き出した。

富野は、両手を顔の前にかざして、目をつむっていた。孝景と西条が、まばゆい光に包まれたのだ。

それが現実のものではなく、霊的な光であることを富野は知っている。それでも目をつむらずにはいられなかった。

孝景渾身《こんしん》の亡者祓いだ。光が消え去ったら、西条が倒れているところを想像していた。

だが、富野の予想は外れた。

西条は立ったままだった。そして、孝景が再び弾《はじ》き飛ばされていた。

「なんだよ……」

橘川が言った。「孝景のパンチはまったく通用しないじゃないか。口ほどにもないな」

霊的な光が見えない一般人には、そう見えたということだ。富野は言った。

「あれが、孝景のお祓いなんです。木原さんには一発で効いたんですがね……」

「そうなのか……」

鬼龍がようやく立ち上がり、病室の出入り口にいる亜紀のもとに戻った。再び、右手で『剣』を作り、それを西条に向けた。

「ヒ・フ・ミ・ヨ・イ・ム・ナ・ヤ……」

西条の動きが止まった。意外そうな顔で、鬼龍を見ている。

「まさか……。鬼道衆ごときに……」

鬼龍の亡者祓いが効いているということだ。鬼龍は、宙に十字を描くように、右手の『剣』を縦横に振りはじめた。九字を切っているのだ。

西条がさらにたじろぐ。

そのとき、倒れていた孝景が立ち上がった。彼は言った。

「俺の一発が効いているんだよ」

鬼龍は九字を切りながら、祝詞を続ける。西条が鬼龍から後ずさりを始めた。必然的に孝景に近づいていくことになる。

「とどめだ。食らえ」

孝景がそう言いながら、身を沈めた。背後から正拳《せいけん》を見舞うつもりのようだ。だが、それは不発に終わった。

西条がくるりとふり向き、孝景に向かって両手を突き出した。その手は孝景に触れなかったが、またしても孝景は弾き飛ばされていた。

それを見た鬼龍は、祝詞の声を強めた。九字を切る手がスピードアップされる。

西条は、苦しげに肩で息をしながら、鬼龍を見据えた。

「おまえらなど、俺の敵ではない」

ふらふらと体を揺らしながら、西条は鬼龍に一歩近づいた。

鬼龍は下がらない。後退すると、病室の出入り口に西条を近づけることになる。意地でも下がれないのだ。

「俺を祓うなど、百年早い」

ダメージを受けていることは間違いない。孝景と鬼龍の亡者祓いは効いているのだ。だが、決定的に祓うまでには至っていない。よほど強力な亡者なのだろうと、富野は思った。

鬼龍の九字と祝詞が続いている。

突然、西条が鬼龍に向かって突進した。体当たりをしようというのだろう。それもただの体当たりではなさそうだ。超自然的な力を伴った体当たりだ。

鬼龍はよけなかった。よけたら、病室への道を開けることになる。亜紀も逃げない。だが、西条の攻撃を防ぐことはできなかった。二人は、軽々と後方に飛ばされた。そして、病室の出入り口が西条の前に口をあけていた。

亜紀が言ったとおり、西条の目的は中大路の息の根を止めることだろう。

「まずいな……」

橘川がそう言って、背後から西条につかみかかろうとした。西条が後ろも見ずに、右手で払った。先ほどと同様で、虫を追いやるような仕草だ。

橘川はまた後方にひっくり返っていた。

立っているのは、西条と富野だけになった。西条を病室に入れるわけにはいかない。

富野はその一心で、背後からしがみついた。

橘川のように払いのけられるのがオチだ。そう思いながらも、しっかりと西条を捕まえていた。

なぜか西条は身動きをしなかった。それに気づいた富野は、今がチャンスとばかりに、西条の奥襟と袖《そで》をつかんで、体落としをかけた。

巻き込むように、相手の体を投げ出し、自分も倒れ込んで、袈裟《けさ》固めに持っていった。

固めたところで、その後どうしていいかわからない。誰かが起き上がり、手を貸してくれるのを期待するしかないか……。

後先を考えていたわけではない。体が自然に動いていた。気がついたら、袈裟固めを決めていたのだ。

西条がおとなしく技をかけられているのが不気味だった。富野を弾き飛ばすくらいの、超自然のパワーはまだ失われてはいないはずだ。彼はその力を使おうともしない。それが不可解なのだ。

そのとき、富野の頭の中に、ある図形が浮かんだ。

北斗七星だった。

妙見菩薩《ぼさつ》か……。

富野は思った。将門でも何でもいいから、俺に力を貸してくれ。

強くそう念じたとたん、何かが体の中を突き抜けたような気がした。次の瞬間、西条が激しくもがきはじめた。

抵抗を始めたか……。だが、逃がすわけにはいかない。

富野はそう思い、いっそう腕と脚に力を入れた。

西条の抵抗が強まる。いや、抵抗というより、苦しみにあえいでいるのではないか……

……。

富野は気づいた。

西条は間違いなく苦しんでいる。

まさか、俺は将門の霊力の助けを得ているのか……。

やがて、周囲が光に包まれはじめた。それは孝景が祓うときに発する光に似ていた。

霊的な光だ。

その光が徐々に強まっていく。西条がかっと目を見開いた。口も開いている。その口から声が漏れている。悲鳴を上げているのだ。

光の向こうから、何かが響いてくる。ヒ・フ・ミ・ヨ・イ・ム・ナ・ヤ・コ・ト……。

鬼龍の祝詞だ。

彼が加勢してくれているのだ。

光がますます強くなっていく。今や、富野も目を開けていられないほどだ。

西条の悲鳴も大きくなっていく。

霊的な光が強まり、鬼龍の祝詞が響き渡る。やがて、光のために何も見えなくなり、祝詞のために何も聞こえなくなった。

爆発が起きたように、富野は感じた。

気づくと、光も祝詞も消えていた。

そして、西条の抵抗も止んでいた。力が抜けてぐったりとしている。

富野はしばらく西条の様子を見ていたが、やがておそるおそる袈裟固めを解いた。

そして、立ち上がろうとした。激しい目眩《めまい》がして、尻餅《しりもち》をついた。

両腕をつかまれ助け起こされた。見ると、両側に鬼龍と孝景がいた。

富野はわけがわからず、無言で二人を交互に見ていた。

「まいったな……」

孝景が言った。「あんた、ボスキャラの外道を祓っちまったよ」

鬼龍が言う。

「やはりトミ氏ですね。さすがです」

「俺は……」

富野は言った。「俺は、何をやったんだ？」

「だからさ」

孝景が言う。「外道を祓っちまったんだよ」

「俺は、ほぼ無意識に柔道の技を使っただけだ」

鬼龍が富野に言った。

「祓うときに何を利用するかは、人それぞれです」

富野は言った。

「頭の中に北斗七星が浮かんだ。それで、将門の力に助けを求めた……」

孝景が言った。

「ああ、それ正解だな」

「正解？」

「だって、ここ、天海が描いた北斗七星の一部だよ。神田明神と筑土八幡神社を結ぶ線がこの病院を通っているんだ」

富野はかぶりを振った。

「そんなことを言われても、簡単に受け容《い》れるわけにはいかないな……」

富野は、床に倒れている西条を見やった。眠っているように見える。

病室の出入り口付近で、亜紀が倒れているのを見て、富野は驚いた。

「彼女はだいじょうぶか？」

富野がそう言ったとき、亜紀がむっくりと身を起こした。

そして、言った。

「ああ、びっくりした。ものすごく眩《まぶ》しかった……。光に吹っ飛ばされたみたいに感じた」

彼女にも霊的な光が見えるらしい。

有沢と橘川も、もそもそと起き上がってきた。

有沢が言った。

「すごいですね、トミさん」

富野は驚いて尋ねた。

「おまえにも見えたのか？」

「ええ、見事に体落としから袈裟固めを決めましたよね。西条は落ちちゃったんですか？」

鬼龍が小声で言った。

「一般人には、そういうふうにしか見えないんですよ」

そういうことだろう。有沢は、富野が将門の霊力を利用して亡者を祓ったとは思っていないのだ。もし、そう説明しても信じないだろう。

ならば、柔道の技で西条を落としたと思わせておいたほうがいい。

橘川が、倒れている西条に歩み寄り、言った。

「こいつは、どうなっちまったんだ？」

富野はこたえた。

「気を失っているのですが、どういう状態なのか、意識を取り戻してみないとわかりません」

橘川が怪訝《けげん》そうな顔を富野に向けた。

「どういうことだ？」

どう説明すればいいか迷ったが、結局本当のことを言うべきだと思った。

富野は、有沢に言った。

「一階にいる応援部隊や警備員に、被疑者は確保したと伝えてくれ」

「了解しました」

有沢が駆けていくと、富野は橘川に言った。

「亡者の話はしましたよね」

「ああ。陰の気が凝り固まり、人はそれに取り憑《つ》かれて亡者になるんだったな。西条もそうだったんだろう？」

「ええ。そして、鬼龍と孝景の仕事は亡者を祓うことです」

「祓ったんだな？」

「そうです」

「じゃあ、西条はもう亡者ではないということだ」

「問題は、どの程度亡者として侵食されていたか、なんです。軽い場合は、元に戻るだけです。しかし、侵食の度合いがひどい場合は、祓った後、廃人になることもあります」

橘川は、再び西条を見下ろした。そして、何事か考えている様子だった。

そこに、有沢が戻って来た。彼は、高沢や警備員たちといっしょだった。

橘川が富野に尋ねた。

「拘束する必要はあるか？」

富野は確認を取りたくて鬼龍の顔を見た。鬼龍がかぶりを振ったので、こたえた。

「いえ、その必要はありません」

橘川がうなずいてから、警備員たちに言った。

「気を失っています。必要な措置をしてください」

警備員が無線でコードブルーを告げると、ほどなく看護師や医師たちが集まってきた。その場でバイタルの測定などが行われ、医師の一人が「何があったのか」と尋ねたので、橘川が「彼は逃走犯で、身柄確保のために少々手荒なことをするはめになった」とこたえた。

その後、西条はストレッチャーでどこかに運ばれていった。

橘川が高沢に言った。

「ついて行って、西条を見張るんだ。いいか、絶対に眼を離すな。二十四時間の監視態勢を組め」

「はい。でも、あの……」

「何だ？」

「ここで何があったのか詳しく説明しろと言われたらどうしましょう。自分は何があったのか知らないんですけど……」

「さっき俺が言ったとおりだ。おまえ、適当にこたえておけ」

「ええと……。わかりました」

高沢は、釈然としない表情のまま駆けて行った。

「さて……」

孝景が言った。「西条は、信徒を魔方陣や結界に配置したと言っていた。それは嘘じゃないと思う。これからどうすればいいんだ?」

富野は、有沢に尋ねた。

「ネットのほうはどんな具合だ?」

「九月二十二日に、東京に地震が来るという噂はますます広まっていますね。地震予知を専門にする学者の中にも、地震発生の可能性が高いと言っている人がいます」

「学者も……?」

「体感できないくらい微弱な地震が頻発しているらしいです。これは大きな地震の前触れとも取れるというんですが……。井戸の水位が下がったとか、地磁気に変化があるといった報告が次々とネット上に上がっています」

孝景が言う。

「台風も近づいているぞ。予想進路は、関東直撃だ」

富野は亜紀に尋ねた。

「もう手遅れだという西条の言葉は、嘘だと言ったな」

「言った」

「じゃあ、まだ何か方策があるということか？」

「もちろん。私たちに方策があるから、西条はそれを阻止するために病院に現れたのよ」

「その方策って何だ？」

「私たちが、やろうとしていたことよ」

亜紀がそう言って病室の出入り口に向かう。「これから儀式をする。終わったら、魔方陣や結界を破りに行く」

彼女は、病室に入り、引き戸を閉めた。


富野はどうしていいかわからず、廊下に立ち尽くしていた。橘川や有沢も同様の様子だった。鬼龍は、ただ待つしかないと思っている様子だった。孝景は、つまらなそうにしている。


亜紀が病室に入って三十分ほど経った。引き戸が開いて、亜紀が再び姿を見せた。時計を見ると九時二十分だった。

富野は彼女に尋ねた。

「無事に儀式は終わったのか？」

「終わった」

「法力を得ることはできたのか？」

亜紀は無言でうなずいた。病室に入る前と特に変わった様子はなかった。ただ、少々頬が上気しているように見える。

儀式の内容を考えれば、それも当然だろうと、富野は思った。

「それで……？」

孝景が言った。「これからどうするんだ？」

亜紀がこたえた。

「でかける」

「どこへ？」

「結界破りを見届けたかったら、ついてくれば？」

鬼龍がこたえた。

「行こう。君を守らなければならない。どこに真立川流の信徒がいるかわからないからな」

孝景が肩をすくめた。

「ふん。外道がいるかもしれないとなれば、行かざるを得ないな……」

三人がエレベーターのほうに歩き出そうとする。ふと亜紀が立ち止まり、言った。

「トミ氏は来なくていいの？」

富野がこたえあぐねていると、橘川が言った。

「西条のことは、俺と有沢に任せて、あんたはいっしょに行ってくれ」

孝景が橘川に言った。

「あんた、本当はいっしょに来たいんだろう」

「ああ。行きたいのはやまやまだが、俺は残念なことに、こっち側の人間なんでな」

富野はうなずいた。なぜかわからないが、亜紀といっしょに行くべきだと思っていた。

「では、そうさせてもらいます」

富野がそう言ったとたんに、亜紀が歩き出した。鬼龍、孝景、そして富野はそれに続いた。

23

病院を出たのは、午後九時半頃のことだ。

富野は亜紀に尋ねた。

「どこに行くんだ？」

「都営新宿線の新宿駅」

「車がある。乗っていこう」

亜紀はかぶりを振った。

「私は御茶ノ水駅から中央《ちゅうおう》線快速で新宿まで行って乗り換える」

鬼龍が富野に行った。

「もし、俺たちといっしょに来たいのなら、車じゃないほうがいいですね。駐車するのに手間がかかります」

それが都会の面倒くさいところだ。

富野はこたえた。

「そうだな。じゃあ、電車で行こう」

四人は御茶ノ水駅に向かって歩き出した。

「ところで……」

富野は尋ねた。「新宿で何をしようって言うんだ？」

それにこたえたのは、亜紀ではなく孝景だった。

「彼女は、ただ新宿と言ったわけじゃない。都営新宿線の新宿駅、と言ったんだ」

富野は眉間《みけん》にしわを寄せた。

「都営新宿線がどうかしたのか？」

「地図を見てみればいい」

「地図……？」

「そう。俺は都営新宿線と聞いてぴんときたよ」

「そう言っても、地図なんて手もとにないぞ。キオスクもたぶん九時半で閉まる」

「スマホでだいたいのことはわかるだろう」

やがて三人は御茶ノ水駅にやってきて、中央線快速の列車に乗った。

富野は孝景に言われたように、スマートフォンを取りだし、ウェブサイトで都内の路線図を調べてみた。小さくてなかなか全体像がつかめなかったが、調べているうちに気づいた。

「都営新宿線は、山手線を東西に横断している」

富野が言うと、孝景がうなずいた。

「そう。山手線をど真ん中から真っ二つにしているんだ。そして、それは同時に靖國神社を中心とする魔方陣をも、真っ二つに断ち切っているということだ」

「でも……」

富野は路線図を見ながら言った。「それなら、今俺たちが乗っている中央線だってそうじゃないか」

「中央線は、山手線を断ち切っているわけじゃない。つながっているんだ。都営新宿線は地下鉄だから山手線と地面の底で交差している。それが結界を破ることになるんだ」

なるほど、図の上では山手線と中央線は交差しているが、同じ平面上を走っている。それでは霊的に切断することにはならないのだろう。

亜紀は極端に口数が少なくなった。法力を発揮するために集中しているのだろうか。

だが、どうやって法力を発揮するのだろう。尋ねてみたかったが、今彼女の集中を乱すわけにはいかないと思い、富野は話しかけるのをひかえていた。

やがてJR新宿駅に着き、そこから地下鉄の都営新宿線の駅に移動する。

「気をつけろ」

孝景が誰に言うともなく言った。「真立川流の信徒が、いつ襲撃してくるかわからない」

「わかってる」

鬼龍がこたえた。そのとき、あまり口を開かなかった亜紀が言った。

「だいじょうぶ。たぶん、元妙道の仲間たちも警戒してくれている」

富野は驚いた。

「元妙道も動いているのか？」

「真立川流が動きはじめたんだから、黙ってはいられないでしょう」

午後十時頃の新宿の雑踏を、富野は見渡した。このいつもと変わらない人混みの中で、真立川流と元妙道が密《ひそ》かに牽制《けんせい》し合っているのかもしれない。

そう思うと富野は、妙な緊張感を覚えた。

「だからって、安心はできねえぞ」

孝景が言う。「真立川流は、元妙道を出し抜いて、魔方陣と結界を活性化させる布陣を敷いちまったんだろう。つまり、元妙道の裏をかけるってことだ」

「だいじょうぶ」

亜紀は再びそう言うと、足早に都営新宿線の乗り場に急いだ。新宿西口の人混みをすり抜けるようにして進む亜紀についていくのはなかなかたいへんだった。

やがて、都営新宿線の改札にやってきた。亜紀はＳｕｉｃａかＰＡＳＭＯを使って改札を通る。鬼龍と孝景も同様だった。

富野もＳｕｉｃａカードを持っていた。交通系のＩＣカードが使えるようになって、ずいぶんと便利になった。

亜紀は、やってきた九段下《くだんした》方面行きの列車に乗り込む。この時間、都心に向かう列車は比較的空《す》いていた。

亜紀は戸口近くのポールにつかまって立ったまま、車窓に映る自分の姿を見つめている。

何かを始める様子はない。どうやって法力を発揮するのだろう。

声をかけるべきではないと思っていたが、どうしても尋ねたくなった。

「話しかけていいか？」

富野が声をかけると、亜紀がこたえた。

「ぜんぜんかまわないんだけど。どうしてそんなこと訊《き》くの？」

「いや、法力を発揮するために集中しているのだろうと思ってな……」

「別に集中なんてしなくたってだいじょうぶだよ」

「質問してもいいか？」

「だから、いちいちそんなこと訊かなくたっていいんだって。何を質問したいの？」

「どうやって法力を使うんだ？」

「今やってるよ」

富野は眉《まゆ》をひそめた。

「今やっている？　何を？」

「だから、魔方陣と結界を破っているんだよ」

富野は亜紀をしげしげと見つめた。

「今、ここで？」

「そうだよ」

「俺には、ただ地下鉄に乗って移動しているだけに見えるんだが……」

亜紀は無言で笑みを浮かべた。なぜか富野には、その表情が神秘的に感じられた。

鬼龍が脇から言った。

「たぶん、儀式で法力を得た今の彼女はエネルギーの塊みたいなもんなんです」

富野は思わず聞き返した。

「エネルギーの塊？」

「そう。ですから、乗って移動するだけで、魔方陣と結界を切断する都営新宿線を活性化できるんです」

「そういうこと」

孝景が言った。「だから俺たちは、邪魔が入らないように警戒していればいいんだ」

そう言われても、富野はぴんとこなかった。本当にただ移動するだけで、真立川流の目論見《もくろみ》を未然に防ぐことができるのだろうか。

富野は言った。

「俺はもっと、何と言うか……、派手なものを想像していたんだがな……」

鬼龍が言った。

「あるいは、もっとものものしい出来事を予想していた。こうして、ただ地下鉄に乗るだけなんて……」

鬼龍が肩をすくめた。

「まあ、現実なんてこんなもんですよ」

列車は市ヶ谷《いちがや》を過ぎた。やがて九段下だ。魔方陣と結界のほぼ中心を通過していることになる。

亜紀に変化はない。通勤通学の乗客と変わらない。相変わらず、窓に映った自分を見ているようだ。

周囲の乗客たちにも不審な様子はない。真立川流の信徒が妨害工作を仕掛けてくることも、今のところない。

列車は、神保町《じんぼうちょう》、小川町《おがわまち》を過ぎ、やがて岩本町《いわもとちょう》に近づいた。

ホームに着くと、亜紀が大きく息をついた。そして、彼女は言った。

「降りるわよ」

ドアが開くと、彼女はホームに出た。富野たち三人も列車を降りる。

富野は尋ねた。

「何かあったのか？」

亜紀は富野を見てこたえた。

「終わったのよ」

「終わった？」

「岩本町で、山手線の外に出たの」

頭の中に路線図を思い浮かべ、あ、そういうことかと、富野は思った。すでに、山手線を横切ったのだ。

列車が出発し、四人はホームに立ち尽くしていた。富野はこれからどうしていいのかわからずに戸惑っていた。

亜紀がホームにある椅子に腰かけた。

「あー、疲れた」

孝景が言う。

「そうだろうな。天変地異を止めたんだからな」

天変地異を止めた。本当にそうなのだろうか。

富野は思った。

俺たちは、何かの冗談に付き合っただけなのではないか……。

亜紀はただ、自分が魔方陣や結界を破り、将門の霊力で再び東京を守ったと、思い込んでいるだけなのではないか。

二十二日になったら、台風が東京を含む関東を直撃して、その暴風雨の最中《さなか》に大地震が襲うのではないか。

鬼龍や孝景との付き合いを経て、世の中には常識では考えられないことが、実際にあるということを実感している。

にもかかわらず、亜紀の言動をにわかに信じることができなかった。鬼龍と孝景は、無条件で信じているのだろうか。

彼らは、元妙道がどういうものかよく知っているはずだ。そして、平将門の霊力についても知識があるだろう。

だが、彼らにだって思い込みはあるだろう。

西条が言ったことも、亜紀が言っていることも、全部嘘なのではないかという気さえしてきた。

富野は鬼龍に言った。

「俺は、まだ信じられないんだが……」

「信じられない？　何がですか？」

「元妙道も真立川流も、平将門の霊力も、それを封印しようとする魔方陣も結界も、何もかもだ。山手線や都営新宿線はただの線路でしかなくて、パワースポットだと言っている場所も、ただの神社や霊園なんじゃないのか？」

孝景が、あきれたような顔で富野を見て言った。

「あんた、西条が病院でやったことを見ただろう。それに、外道の西条を最終的に祓ったのは、あんた自身じゃないか」

「俺は、柔道の技を使っただけだ」

「本気で言ってんのか？　ばかじゃないのか」

孝景の生意気な物言いにも、今は腹が立たなかった。それよりも疑心のほうが大きい。

「西条は、将門の霊力を封印することで、東京に大災害を起こさせようとした。そうだな？」

「今さら何を言ってるんだ」

「そんなことが本当に可能だったのだろうか」

鬼龍が言った。

「地震が来るというのは、あながち無責任な噂とは言い切れません。専門家も警告しているんです。それに、台風は確実に東京に向かってきています」

「たしかにそうだが、それが将門の霊力と関係あるとは言えないだろう」

「日本の各地で大規模な災害が起きています。阪神・淡路、東日本で大震災がありました。また、九州や北海道でも大きな地震があり、甚大な被害が出たのです。しかし、東京には大きな自然災害がほとんどないのです」

「その話は、木原もしていた。たしかにそのとおりだが……」

「江戸の町はたしかに守られていました。だからこそ、当時世界一の大都市に発展したのです。そして、東京も守られています。それは間違いのないことです」

富野は亜紀を見た。

「彼女が、将門の霊力を守った。つまり、東京を守ったとも言えるわけだな」

「それが、元妙道の役割だったわけです」

亜紀が立ち上がった。

「信じる信じないは人の勝手。私はやるべきことをやっただけよ」

「そうだな」

孝景が言った。「信じるかどうかは、人の勝手だ。しかし、トミ氏のくせによ……」

富野は言った。

「信じないと言ったわけじゃない。まだ信じられないと言ったんだ」

鬼龍がほほえんだ。

「いずれ、信じられるようになると思います」

その言葉について考えていると、亜紀が言った。

「用は終わったから、私、帰るわよ」

富野は言った。

「病院に車を置いてあるから、小川町まで行って、病院に戻ろう。車で自宅まで送ろう」

「一人で帰れるわよ」

「いや、まだ真立川流のやつらが残っているかもしれない」

亜紀が肩をすくめた。どういう意味かわからなかったが、少なくとも拒否ではないと富野は思った。

富野は鬼龍に言った。

「あんたたちもいっしょに来るか？」

鬼龍はうなずいた。

「行きましょう」

孝景が言う。

「ふん。しょうがない。乗りかかった船ってやつだな……」

富野たちは反対方向の列車に乗り込み、小川町に向かった。


病院の駐車場に行き、捜査車両のところで、富野は亜紀に言った。

「中大路先生に結果を報告しなくていいのか？」

「術者が適合者に報告する義務はないわ」

「ドライなんだな」

「今日はこのまま帰りたい。明日にでも会いに行く」

「わかった」

助手席に鬼龍が乗り、後部座席に亜紀と孝景が座った。富野は車を出して世田谷区下馬三丁目に向かった。

車の中ではほとんど会話がなかった。皆それぞれに考えに耽《ふけ》っている様子だ。誰も口を開かないことがありがたいと、富野は感じていた。

俺も頭の中を整理したいと、富野は思っていた。初めて鬼龍たちと会ったとき、彼らの言うことやることがまったく信じられなかった。

だが、いつしかそれを受け容れていた。今回もきっとそうなるだろう。そんな気がした。

道は比較的空いており、三十分ほどで亜紀の自宅近くまでやってきた。家の前に車を停めると、亜紀が言った。

「いろいろとありがとうございました」

ずいぶん殊勝な挨拶《あいさつ》だと思った。富野は言った。

「何が何だかよくわからないが、とにかく君が無事でよかった」

彼女はぺこりと頭を下げると駆けていき、玄関のチャイムを鳴らした。ほどなく両親が出て来て、母親の志伸の声が聞こえた。

「あら、遅かったのね」

父親の隆之が、運転席の富野と助手席の鬼龍に気づいて頭を下げた。富野も会釈を返した。

驚くほど日常的なやり取りだ。亜紀とその家族が日常に戻ったということなのだろう。

亜紀がもう一度振り向いて、富野に手を振った。そして、家族は家に入り玄関のドアが閉じた。

そのとき、富野の携帯電話が振動した。有沢からだった。

「今どこだ？」

「病院です。西条が意識を取り戻したんですが……」

「どんな様子だ？」

「医者によると、肉体的には問題ないようですが、記憶を失っているようだと……」

「ちょっと待ってくれ」

富野は、西条のことを鬼龍に告げた。鬼龍はこたえた。

「行ってみましょう」

富野は電話の向こうの有沢に言った。

「これから、そちらに向かう」

「あの……」

「何だ？」

「その……、あれは終わったんですか？」

「ああ。終わって、今亜紀を自宅に送り届けたところだ」

「何をしたんです？」

「地下鉄都営新宿線の新宿駅から岩本町駅まで乗ったんだ」

「……どういうことです？」

「言葉のとおりだ」

「地下鉄で移動しただけ……？」

「詳しいことは後で説明する。都内の地図を用意しておけ」

「地図ですか？」

「じゃあ、これから病院に向かう」

富野は電話を切ってポケットにしまうと、車を出した。

24

西条が収容されていたのは、中大路の病室とは別の階だった。当然の配慮だと、富野は思った。

病室の前には制服を着た警察官が立っていた。富野が警察手帳を提示すると、その警察官は、疲れた顔でうなずいた。

富野は、鬼龍や孝景とともに病室に入った。ベッドの脇にケーシースタイルの白衣を着た男と、橘川が並んで立っていた。橘川の後ろに有沢がいる。

富野の姿を見ると、橘川が言った。

「終わったんだって？」

「はい、終わりました」

「その件は後で詳しく聞くとして、まずは西条のことだ」

「どんな様子なんです？」

すると、白衣の男が言った。

「専門の医師の意見を聞かないと、詳しいことは言えないんですが、どうやらここしばらくの記憶をなくしているようです」

富野は尋ねた。

「あなたは?」

「石辺《いしべ》と言います。当直の医師です」

彼の発言は、有沢が電話で言っていたことと同じ内容だった。

「記憶障害とかがご専門なわけではないのですね?」

「私は救急医です」

富野は、橘川に尋ねた。

「話は聞きましたか?」

「ああ。普通に受けこたえはできる。名前も住所も、通学している学校も覚えている。だが、最近学校で何があったかは覚えていない様子だ」

橘川は、直接事件のことは言わなかった。警察官としての気配りだろう。

西条は、またしても印象が変化していた。戸惑った様子で、富野と橘川のやり取りを眺めている。ぼんやりした表情だ。

富野は西条に言った。

「俺のことを覚えているか?」

西条は目を瞬《しばたた》いた。すっかり戸惑っている様子だ。

「あの……。いえ、すいません。覚えていません」

「警視庁の富野だ。どうして病院にいるかわかっているかい？」

彼はかぶりを振った。

「まったくわからないんです。何があったのか説明してもらいたいんですが……」

「中大路は覚えているか？」

彼はぽかんとした顔になった。

「中大路先生ですか？　ええ、覚えています」

「彼も今この病院に入院しているんだが、それがなぜか知っているか？」

「え……？　いえ、知りません」

「真立川流って、何のことか知っているか？」

「ええ、知っています。宗教ですよね。僕も関わっていたような気がするんですが、どういう関わりだったかよくわかりません」

そのとき、孝景が言った。

「たまげたな……。てっきり廃人になったと思っていたんだが……」

石辺医師が孝景を見た。

「廃人になったと思った……？　彼の症状について、何かご存じなのですか？」

富野は石辺に言った。

「そういうわけじゃないんだ」

そして、孝景と鬼龍に言った。「ちょっと、こっちへ……」

富野は二人を廊下に連れ出した。見張りの警察官から距離を取り、言った。

「西条が廃人にならなくてよかったとは思うが、いったい、どういうことなんだ？」

「さあ……」

鬼龍がこたえた。「それほど深く亡者として侵食されていなかったということでしょうか……」

「そんなわけあるか」

孝景が言う。「あいつ、ボスキャラだぞ。外道を量産したはずだ。つまり、それだけ深く侵食されていたってことだ」

富野は孝景に尋ねた。

「じゃあどうして西条は廃人になっていないんだ？」

「さあな……。これまでの経験だと、間違いなく廃人になっているケースだ」

鬼龍が言った。

「そう。俺たちが祓《はら》ったらね……」

それに対して孝景が言った。

「何だよ、意味深な言い方だな。俺たちが祓ったらって、どういうことだ？」

「今回、西条を祓ったのは、富野さんだ」

その言葉に、孝景が考え込んだ。

富野は言った。

「本当に俺が祓ったのだろうか……」

孝景が顔をしかめる。

「いい加減に認めろよ。あんたは、外道のボスキャラをちゃんと祓ったんだよ」

「あのとき、鬼龍の祝詞《のりと》が聞こえた。俺一人で祓ったわけじゃないだろう」

鬼龍がこたえた。

「俺はあくまでも補助でした。祓ったのは、富野さんです」

そんな力があったなどということが、富野は自分でも信じられなかった。

「俺が祓ったというより、将門の霊力が働いたんじゃないのか？　俺はあのとき、将門の力を借りようとしたんだ」

孝景が言う。

「普通のやつに、将門の霊力が使えると思うか？」

「実感がないんだよ」

鬼龍がうなずく。

「まあ、そうかもしれませんね。誰しも自分を正当には評価できないものです」

「そういう問題かな……」

「とにかく、トミ氏の祓いは、我々とはちょっと質が違うのかもしれません」

「何だよ……」

　孝景がふくれっ面になる。「トミ氏の祓い方のほうが、俺たちのより上等だとでも言うのか？」

「そうなのかもしれない」

　鬼龍が孝景に言う。「何せ、トミ氏は大国主の直系だからな」

「いずれにしろ……」

　孝景が相変わらず不機嫌そうな顔で言う。「西条が廃人にならなかったことは事実だ。けど、記憶が飛んでるぞ」

　鬼龍が富野に言った。

「演技ではないでしょうか。中大路先生を刺したことなどを、都合よく忘れているんです」

　富野は大きく息をついてからこたえた。

「どうかな……。それは専門家に鑑定してもらおう」

「鑑定の結果、本当に記憶を失っているということになったら、西条はどうなりますか？」

「治療に専念することになるだろうな。いずれにしろ、それは家裁の判断だ」

　孝景が言う。

「中大路を刺したことがちゃらになるってことか？　冗談じゃない」

　富野は言った。

「中大路を刺したのは亡者だった西条だ。今の西条は別人だ。それについては、あんたらのほうがよく知っているはずだ」

「ふん。なんだか、精神鑑定で罪が問われないやつらの話をしているような気がするな。外道は廃人にしちまったほうがいいんだよ」

「精神鑑定については、警察官の俺にもいろいろと言いたいことがある。だが、それも裁判所が決めることだ」

　橘川が廊下に出て来て、富野に言った。

「医者が、西条を休ませなけりゃならないと言っている。うちの刑事課と地域課が見張りを続ける。あんたはどうする？」

「橘川さんは？」

「俺は引きあげるよ。さすがに疲れた」

「じゃあ、我々も引きあげます」

　橘川はうなずいて病室に戻った。

　孝景が言った。

「じゃあ、俺は行くぜ」

　富野は言った。

「そろそろ電車がなくなるんじゃないのか。どこかまで車で送るぞ」

　孝景はすでに踵《きびす》を返していた。

「電車はまだあるさ」

鬼龍が富野に言った。

「俺も失礼しますよ」

引き止める理由はないと、富野は思った。

「ああ、じゃあな」

すでに孝景の姿はない。彼らはいっしょに帰るわけでもなさそうだ。

今度はいつ会えるだろう。いや、そもそもまた会うことがあるのだろうか。

富野はそんなことを思いながら、黒ずくめの後ろ姿を見つめていた。やがて、彼の姿が廊下の角から消えると、富野はいったん病室に戻ることにした。

橘川同様に、富野もくたくたに疲れていた。


自宅に戻ったのは午前一時過ぎだったが、目が覚めたら、いつもどおり八時十五分には登庁しなければならない。

席にやってくると、すでに有沢の姿があった。

「知ってますか?」

有沢が、少々興奮した面持ちで言った。

「何の話だ?」

「台風です。東京を直撃するはずだった台風が急にコースを変えたんです。大きく北にずれて、どうやら日本海《にほんかい》に抜けそうです」

「そうか……」

「そうかって……。それだけですか？　これって、将門の霊力が戻ったということじゃないんですか？」

「気象庁ではどう言ってるんだ？」

「夏の名残の太平洋《たいへいよう》高気圧の勢力が増したので、台風を押し上げる結果になったということです。この季節にはよくあることだということですが……」

「なら、そういうことなんだろう」

「あの……」

「何だ？」

「例の件、まだ説明してもらってないんですが……」

「例の件？」

「池垣亜紀が何かやったんでしょう？　東京都の地図を用意してありますよ」

「そうか……」

約束だから説明しなければならない。

「靖國神社を中心とする魔方陣は知っているな」

「ええ」

「それを赤ペンで地図に描き入れてくれ」

有沢は言われたとおりに、五つのパワースポットをサインペンの赤い線で結んだ。

「それから、山手線を同じく、赤ペンでなぞってくれ」

地図の上で、山手線と長方形の魔方陣が重なった。富野は説明を続けた。

「それらが、天海の描いた妙見菩薩《ぼさつ》を表す北斗七星を封印しているわけだが、今度は、赤ペンで、都営新宿線をなぞってくれ」

その作業を終えると、有沢は声を上げた。

「あ、魔方陣と山手線が真っ二つですね」

「そう。都営新宿線は封印破りの役割を果たすんだそうだ。その封印破りを活性化させることこそが、亜紀の法力だったんだな」

「へえ……」

「おまえ、信じるか？」

「どうでしょう……。でも、台風が急に進路を変えたのは確かです。これで、二十二日に地震が起きなかったら、信じてもいいような気がします。富野さんはどうなんです？」

「俺か……」

富野は、しばらく考えた。「俺もよくわからない」

自分が西条を祓ったという事実を、まだちゃんと受け止めてはいなかった。祓おうとして祓ったわけではない。やろうと思ったときにできなければ、それは自分の能力とは言えないのではないか。そんな気がした。

いずれにしろ、そんなことは警察官の自分にとっては、たいしたことではないような気もしてきた。

机上の電話が鳴り、有沢が取った。

「神田署の橘川係長です」

富野は受話器を取った。

「代わりました。富野です」

「西条が退院できると医者が言うので、送検するが、それでいいな？」

「ええ。あとは検察と家裁に任せましょう」

「記憶がないというのはやっかいだな。家裁はどう判断するか……」

「専門家の加療、というところだと思います」

「そうだろうな……。そう言えば、台風がそれたな。あとは地震だ」

「池垣亜紀は、ただ地下鉄の都営新宿線に乗っただけだったんです」

「都営新宿線？」

富野は、手短に封印破りのことを説明した。話を聞き終えた橘川が感じ入ったように言った。

「なるほどなあ……」

「なんだか、狐につままれたような気分ですよ」

「狐か。なら、あの二人に祓ってもらったらどうだ」

橘川は笑い、「じゃあな」と言って電話を切った。富野は受話器を置いた。

富野は有沢に言った。

「西条が送検される」

「そうですか。これで一件落着ですね。地震さえ起きなければ……」

「ああ」

富野は言った。「そうだな」


そして、問題の九月二十二日日曜日がやってきた。台風は大きくコースを変えて日本海に抜けたが、前線が刺激されたとかで、東京は雨が降っていた。

富野は一日気にしていたが、結局地震は起きなかった。

翌二十三日は祝日で休みだった。さらにその翌日の二十四日も雨が降っていた。その朝登庁すると、富野は有沢に言った。

「結局、地震は起きなかったな」

「それがですね。起きたらしいんです」

「起きたらしい……？」

「ええ。二十二日の未明のことらしいんですが、体に感じないくらいの微弱な地震が、東京で起きたらしいです」

「そういう地震は、どこでも、しょっちゅう起きているんじゃないのか？」

「それでも、ネットでは予測が的中したというコメントが氾濫《はんらん》しました」

「あきれたもんだ……」

「それで、自分は考えたんですが……」

「何を考えたんだ？」

「池垣亜紀が封印を解いて将門の霊力を解放していなければ、大地震になっていたんじゃないかって……」

「おまえはそういうの、信じないんじゃなかったのか？」

「基本的には信じませんけどね。でも、元妙道と真立川流の間で、人が刺されるくらいの戦いがあったわけでしょう？　鬼龍さんや孝景もその戦いに関与していたわけだし……」

「それはそうだが……」

「あ、そうそう。病院から知らせが来ていました。中大路先生が、今日退院するそうです」

「それを早く言え」

「すいません」

「手術からまだ一週間だぞ。もう退院なのか？」

「最近は、できるだけ早く退院させるというのが主流のようですね。十時頃、病院を出るそうです」

時計を見ると、八時半を回ったところだ。

「行ってみよう」

富野はそう言って、席を立った。

西条と戦ったときは、禍々《まがまが》しい雰囲気に満ちていた病院の廊下も、今はまったく別の場所のような雰囲気だった。看護師や病院の職員が足早に通り過ぎていく。病院の日常の光景だ。

病室の前に亜紀の姿があった。富野が声をかけると、彼女は驚いた顔で言った。

「富野さん。どうしたの？」

「退院するというので、ちょっと様子を見に来た」

「中大路は、着替えが済んだところよ」

「だから、先生を呼び捨てにするなと言ってるだろう。ご家族とかはおいでじゃないのか？」

「先生は独身だし、ご両親はどこか遠くに住んでいるらしいわ。それで、術者の私が適合者の面倒を見に来たってわけ」

「術者と適合者って家族みたいなものなんだな」

「病室に入ってだいじょうぶだと思うよ」

富野と有沢は、亜紀に誘《いざな》われて病室の中に入った。着替えを済ませた中大路が、荷造りをしていた。

彼は富野たちを見て言った。

「あ……。刑事さん」

「正確に言うと刑事じゃないんですが……」

「富野さんでしたね？」

「ええ。そして、こちらが有沢です」

「池垣からいろいろと話は聞きました。すっかりお世話になったそうですね」

「西条が真立川流の宗主だったということは……？」

「ええ。聞きました。気づかなかったなんて、うかつでした」

「彼は記憶を失っているようです」

「お互いにとって、それは好都合だと思います」

「西条が戻って来たら、元のように接することができますか？」

「そうしなければならないと思います。元妙道の秘密を守るためにも……」

そのとき亜紀が言った。

「西条は記憶を失ったけど、こっちはすべて知っている……。つまり、形勢逆転して、こっちが優位に立ったということだからね」

富野はうなずいた。

「外は雨が降っているので、気をつけてお帰りください」

そして、彼は病室を出た。有沢が無言でついてくる。

「富野さん」

亜紀に呼ばれて振り向いた。彼女は言った。

「いろいろとありがとう」

富野はこたえた。

「礼なら、鬼龍と孝景に言ってくれ」

「富野さんから伝えておいて」

「わかった。いつか会ったら伝えよう」

亜紀がぺこりと礼をする。富野はうなずき、踵を返して歩き出した。

病院の外に出ると、まだ雨が降っていた。歩道を行く人々は傘をさしている。富野も傘を開こうとした。

そのとき、ふと歩道に並ぶ傘の向こうに、黒と白の二人組が見えたような気がした。気のせいだったかもしれない。傘を開くと雨が叩く音が聞こえた。

「行こうか」

富野は有沢に言って、歩き出した。

解説

関口《せきぐち》苑生《えんせい》

今野敏がインタビューやエッセイなどで、おりにふれ語っている言葉がある。

「警察小説って便利なんですよ」

というのがそれだが、本書『呪護』刊行の際のインタビュー（『本の旅人』二〇一九年四月号）でも、このシリーズは作者の代名詞である警察小説の世界に、伝奇小説の要素をミックスしたユニークな作品ですねという問いに対して、おもむろにこの言葉を口にし、

「（警察小説は）ミステリでも恋愛小説でもオカルトものでも、どんなジャンルでも盛りこめる、すごくいい器」

と語っていたものだった。

以前ほかのところで書いた文章の繰り返しになるが、警察小説の一般的イメージというと、事件の捜査を主体とした刑事や制服警官たちの行動を緻密に描く小説、もしくは名刑事が登場して難事件を解決する小説といったものになるだろうか。ところが、ある時期にこれが一変する。警察官といえども（会社）組織の一員であることには変わりなく、また警察内の部署にしても捜査を担当するだけでなく、警備や交通さらには事務職系の仕

事をする人たちも多数存在するという、実に当たり前のことにみなが気づいたのである。

さて、そこから何が起こったか。

あくまで警察官という特別な職業と枠組みの中で生きる人たちを主人公にしたものではあるけれども、警察小説が企業と同じような題材としての組織小説にも、仕事ばかりではなく常に家庭のことも気にかけ憂えている家族小説にも、警察官の恋を描いた恋愛小説にもなりうる、誠に柔軟な魔法のごときジャンルとして、にわかに注目されるようになったのだった。

いや、それればかりではない。本来の謎解きを中心としたミステリはもとより、警察官と事件関係者の交流を細やかに描けば時代ものにも負けない人情小説になり、一方でその時々の流行や世相を捉えた風俗小説にもなりうる。もちろんアクションたっぷりの活劇小説や、ハードボイルド風の作品も忘れてはならない要素だ。

また事件の捜査を通じて得た経験を自分の糧とし、人間としての幅も出てくる過程を描いた、成長小説だって考えられる。あるいはスピンオフして、事件の加害者家族、被害者家族を軸に据えたものだっていい。

つまりはこれが今野の言う、警察小説はどんな小説のジャンルにも対応できる「器」という意味なのだ。しかもこの器は、どんなものを投げ込んでも奇跡のような化学反応を起こし、驚くべき結果をもたらしてくれるのだった。

加えて、事件を挟んでこれほど人間感情の裏表を暴き出し、ストレートな形でも、とことんひねった形でも描写できる小説はなかったかもしれない。可能性を広げるという意味では、作者にとっても、読者にとっても、こんなに魅力的な小説のジャンルはなかったように思う。

そこでふと思い出したのは、かつて吉田茂元首相が、とあるインタビューで愛読書は何ですかと問われ、野村胡堂の『銭形平次捕物控』を挙げ、その理由として現代の小説はいくら読んでも、そこに生活が浮かび出て来ないからつまらないが「銭形平次」の中には江戸の市民生活があると説明していたエピソードだ。不可解な出来事や事件の謎解きだけにはとどまらず、そこにもうひとつふたつ、物語として、小説として面白く読める要素を加味したものだからと答えたのである。

何のことはない。昔から捕物帳は「器」の役割をはたしていたのだった。とはいえ、一九八〇年代後半あたりから始まった警察小説の新しき波は、こうした過去の捕物帳などの歴史も踏まえながら、その後も進化と深化を重ね、やがて絶大なる人気を博していくことになる。今野敏はその流れを牽引した中心的作家である。

前置きが長くなってしまった。さて、本書『呪護』（初刊は二〇一九年三月）は《鬼龍光一》シリーズの四作目（プレ・シリーズの『鬼龍』を加えれば五作目）となる作品である。これは冒頭でも記したように、簡単に言えば伝奇小説と警察小説が合体したもので、はるか古くより受け継がれてきた鬼道衆の力を持つ「祓師」と、少年事件を専門に担当する警察官が、亡者や狐憑《つ》き、蠱術《こじゅつ》など常識では測れないさまざまな怪奇事件を解決していく物語だ。まさに、どんなジャンルでも盛り込めるということを実践したシリーズでもある。

過去のシリーズ作をお読みになっている読者ならおわかりだろうが、今回もまたまずは事件の発端からして奇妙なものだった。

都内の私立高校で、男子生徒が教師をナイフで刺すという事件が起きた。その生徒が言うには、同級生の女子生徒が教師と淫らな行為をしているところを目撃し、彼女が襲われていると思ったのだという。だが、女子生徒の供述は微妙に食い違っていた。先生とセックスしていたのは間違いないが、それは法力を発揮するために必要だったからというのだ。

その供述を聞いて、警視庁生活安全部少年事件課の富野輝彦は、またか、と思った。なぜか自分は、怪しげな話に関わってしまう。富野はそんなことを考えていたのだった。

この場合——警察小説と伝奇小説のジャンルミックスということになるが、これは極めて難しい。あまりに対照的すぎて、通常であれば概ねどちらか一方に寄った物語展開になっていくものだからだ。警察小説寄りならば、少年の犯罪はもちろんだが、女子生徒に対する教師の強制性交等罪、もしくは淫行条例違反も問われることになり、捜査の手は当然伸びていく。淫行条例違反はかりに合意の上であっても成立し、物語も必然そちらの方向に進んでいくことになる。

一方、伝奇小説寄りであれば、法力だの術者だのといった事柄は一般常識の埒外《らちがい》にあるものだけに、どうかすると嘘っぽくなりがちで、警察の存在などいつの間にかどこかへ消えてしまいかねない。言ってみれば、ガチリアルとオカルト・ロマンの交差というか、現実と非現実のぶつかり合いである。まったく正反対、対極の位置にあると言ってもよい。普通ならまず混じり合うことはないだろう。ところが今野敏は、この両者をもの見事に融合させてしまうのだった。

嘘っぽくなりがちなオカルト風味の物語には、だからこそリアリティを保証する上でも必要なのだと言わんばかりに、地に足のついた警察小説の結構を強調するのである。ことに前半から中盤にかけて、富野たちがひたすらこだわって意見を戦わせる教師の淫行条例違反問題などは、中にはちょっとくどすぎるのでは、と思われる読者も出てくるかもしれない。しかしこれこそが重要なステップであって、この部分の描写がなければ今野敏の警察小説とは言えないかも……とまでわたしは思っている。

というのは——他の警察小説でもそうなのだけれども、今野敏は常に理想の警察官を思い描き、こういう人物がいてほしいとの思いを託して書いている。そもそも法律というのは権力側がその気になれば、いかようにも適用できるものである。たとえば、かつて「転び公妨」と呼ばれた行為があった。警察官が狙った人物のそばに行き、突き飛ばされたふりをして転ぶだとか、自ら体当たりをして倒れるなどし、公務執行妨害罪を適用して逮捕するのだ。時に権力はこうしたことを平気で行い、それを恥じるそぶりも見せない。しかもこれは決して極端な事例ではないというのである。法律を楯にするだけでなく、都合のいいようにねじ曲げ一人歩きさせて権力を行使する。こんな警察官は許せない。今野敏は一途《いちず》にその思いを自身の警察小説に叩きつけてきたのであった。

ましてや本シリーズの富野輝彦は少年事件課の警察官である。少年少女たちを前にし、おいコラお前らといった態度をとり、上から見下すような物言いで対処していたら一体どうなるだろう。富野は若い彼らときちんと話をし、その上で警察官としての職務をまっとうしようとするのだった。今回も女子生徒や父親、また教師に対しても真摯《しんし》に応対し、簡単に法律で裁いてしまっていいのかと思い悩む。教え子と関係を持った教師は、常識的には法で裁かれ、社会的に抹殺されてしまうのだ。しかし、もしも真相が別のところにあれば、彼は救済されなければならない。こうした姿勢が今野敏の警察小説の根底にある。

この基本設定、基本構造をぶれずにきっちりと描いておいて、そこへ全身黒ずくめの鬼龍光一と、全身白ずくめの安倍孝景という怪しげなふたりを登場させ、荒唐無稽とも言える呪術などの要素を積み上げていく。どちらもいい加減なものではいけない。すると不思議に、対立するジャンル同士の相乗効果というのか、警察小説としても、伝奇小説としても、面白みが際立ってくるのだ。これもまた化学反応がもたらす結果であった。

物語の発端となった教師と女子生徒の行為にしても、鬼龍と孝景はレイプなどではさらさらないと最初から知っていたふしがある。それも、その場所がある神社のそばに位置するこの学校内でなければならなかったことも含めてだ。教師と女子生徒は性的儀式を信奉する密教団体〈元妙道〉の信者であり、教師を刺した男子生徒はそこと対立する

〈真立川流〉の一員だというのだ。つまり事件の核心部分は、敵対する密教系流派の現状にあるというのが、鬼龍と孝景の見方であった。

さてさてここからおよそ壮大な伝奇的世界が広がっていく……のではあるんだが、何をどう書いても、ネタばらしになってしまいかねないおそれがあるから困る。伝奇小説にネタばらしも何もないだろうと思われるむきもあろうが、それはとんでもない誤解だ。謎の存在と解明は、物語にとっては最も基本的な要素であり、最大の見せどころなのである。今回の場合は、それが想像を絶するものであるだけに、余計に控えておきたいのである。

それでも、ほんの一部だけでも紹介しておくと、日本の都――奈良にしろ京都にしろ江戸（東京）にしろ、これらはいずれも古代中国の陰陽五行説にある「四神相応」をもとに、風水やら呪術やらに根ざした考えが町造りのベースになっている。さらには江戸においては、鎮護するために陰陽道《おんみょうどう》以外の方法も利用し、ある人物を祀《まつ》った神社や塚などを建立、設置したとも言われる。これについては加門七海氏の著作に詳しいが、いずれにせよ、富野たちの行動によって、現代の東京にやがて巨大な呪術空間が現出するのである。いや、これには驚いた。

また本書では、大国主《おおくにぬし》の直系である富野の身にあることが起きて、こちらも読みどころのひとつだ。

何やら最後は、もごもごと口に物を入れたような書きぶりになってしまったが、本書の面白さ、驚愕《きょうがく》のとんでもなさは保証しよう。

本書は、二〇一九年三月に小社より刊行された
単行本を文庫化したものです。

呪《じゅ》護《ご》

今《こん》野《の》 敏《びん》

令和4年 3月25日 初版発行

発行者●堀内大示

発行●株式会社KADOKAWA
〒102-8177 東京都千代田区富士見2-13-3
電話 0570-002-301(ナビダイヤル)

角川文庫 23086

印刷所●株式会社暁印刷
製本所●本間製本株式会社

表紙画●和田三造

●お問い合わせ
https://www.kadokawa.co.jp/ (「お問い合わせ」へお進みください)
※内容によっては、お答えできない場合があります。
※サポートは日本国内のみとさせていただきます。
※Japanese text only

ISBN 978-4-04-111939-6 C0193

角川文庫発刊に際して

角川源義

第二次世界大戦の敗北は、軍事力の敗北であった以上に、私たちの若い文化力の敗退であった。私たちの文化が戦争に対して如何に無力であり、単なるあだ花に過ぎなかったかを、私たちは身を以て体験し痛感した。西洋近代文化の摂取にとって、明治以後八十年の歳月は決して短かすぎたとは言えない。にもかかわらず、近代文化の伝統を確立し、自由な批判と柔軟な良識に富む文化層として自らを形成することに私たちは失敗して来た。そしてこれは、各層への文化の普及滲透を任務とする出版人の責任でもあった。

一九四五年以来、私たちは再び振出しに戻り、第一歩から踏み出すことを余儀なくされた。これは大きな不幸ではあるが、反面、これまでの混沌・未熟・歪曲の中にあった我が国の文化に秩序と確たる基礎を齎らすためには絶好の機会でもある。角川書店は、このような祖国の文化的危機にあたり、微力をも顧みず再建の礎石たるべき抱負と決意とをもって出発したが、ここに創立以来の念願を果すべく角川文庫を発刊する。これまで刊行されたあらゆる全集叢書文庫類の長所と短所とを検討し、古今東西の不朽の典籍を、良心的編集のもとに、廉価に、そして書架にふさわしい美本として、多くのひとびとに提供しようとする。しかし私たちは徒らに百科全書的な知識のジレッタントを作ることを目的とせず、あくまで祖国の文化に秩序と再建への道を示し、この文庫を角川書店の栄ある事業として、今後永久に継続発展せしめ、学芸と教養との殿堂として大成せんことを期したい。多くの読書子の愛情ある忠言と支持とによって、この希望と抱負とを完遂せしめられんことを願う。

一九四九年五月三日